河出文庫

野良猫ケンさん

村松友視

河出書房新社

野良猫ケンさん † 目次

装丁・装画・挿絵　和田　誠

野良猫ケンさん

プロローグ

　いまの家に引っ越したころ、吉祥寺の駅から北へ約二キロというこの界隈は、東に面した土地は広大な原っぱのまま、近所の家々もかなり古めかしいたたずまいで、何となく鬱蒼とした雰囲気がただよっていた。したがって野良猫が棲みつくには打ってつけの空間といってよく、人間の生活から微妙に隔離されているような場所が、そこかしこにあった。

　野良猫たちは、それぞれのテリトリーと時間帯の中で、自在に行動しているようだったが、新しい住人である私たちを警戒してか、最初はあまり寄りつかなかった。

私は、野良猫たちの姿に多少の興味をいだいていたが、カミさんは彼らの存在をいっさい意に介していないようだった。それはたぶん、生まれ育った家が猫と縁のない環境だったせいなのだろうと察せられた。

私は、静岡県の清水みなとにおいて、猫のいる環境で育った。八幡神社裏で祖母との二人暮らしという、猫にふさわしいしぶい雰囲気の家に、タマと名づけた雌猫《めすねこ》がいたのだった。タマは、近所を徘徊する野良猫だったが、いつの日からか家に居ついていた。

タマは、私には初めからよくなついていたが、祖母には微妙に距離をおいているようだった。子が生まれるたび、祖母がそっと捨てに行っているのを、タマはいつしか勘づいていたにちがいなかった。

それでも、仏壇の前に置いた火鉢にあたって宙に目を泳がせ、独特の虚無感をただよわせる祖母のわきにタマがうずくまっている場面は、それなりに一幅の絵のようなけしきとしてよみがえってくる。

そんなわけで、私には猫のタマとともに高校卒業までをすごしたという思いがある。だが、そのあとの大学生としての下宿暮らし、就職してからのアパート暮らし、結婚したあとの賃貸マンション暮らし……という時間の中では、猫との縁をいっさいもたずにすごしてきた。

そして、私と猫との縁がふたたびおとずれたのは、結婚し吉祥寺の家に住むようになって、しばらくしてからのことだった。

ある日、私は当時つとめていた出版社の上司に、日比谷公園から会社へ連れてきたという仔猫に引き合わされた。その上司は、この仔猫はひろったのではなく、日比谷公園で出会ったのだと言い張り、お互い目と目が合ったとたんに連れ帰る決心をしたのだと説明していた。

小さな仔猫はいわゆる虎猫、鯖猫、縞猫といった模様だった。額に王の字と思えなくもない線があり、縞の描き方がきれいで尾も長かった。上司はアビシニアンが入っているなどと言っていたが、幼いころから猫を見てきた私の目にはあきらかに和猫であり、それにしても器量のよさが目立っていた。

そして、私もまたなぜか引き合わされたこの仔猫と目と目が合ったと思いこみ、いわば一目惚れの感じで、家に引き取ることを即座に決めた。席へもどってカミさんに電話をかけ、「猫を連れて帰るから」と宣言したが、カミさんはあいまいな返事をしていた。

　私とちがって猫に馴染みのない育ち方をしたカミさんにとって、家に猫がいる生活の具体性が、まったくもって浮かび上がらなかったのだろう。だが、そんな私のプランをとりあえず反対せずに受け入れたのは、いまにしてかみしめるカミさんの、得体の知れぬ余裕というものだった。

　こんな筋道で、わが家におけるカミさんと私と仔猫の三人暮らしがはじまった。

　仔猫は、日比谷公園で親をさがして鳴きつづけ声がかれたせいか、やや濁った鳴き声をしていた。そこに私は、港町マルセーユあたりで強いリキュールを飲みつづけた酒場女のイメージをかさね、アブサンと名づけた。

　アルコール分七十パーセントのリキュールの名を冠せられたアブサンには迷惑な名前だったかもしれなかった。

　それに、アブサンは雄猫だったのだから酒場女もふさわしくなかった。さらに、しばらく時がたつと栄養が足り気が落ち着いたせいか、声も澄んで高い声に変わったのだったから、名前の根拠がすべて失われてしまったものの、アブサンと呼べば返事をするようになったので、そのまま使いつづけて二十一年の歳月をともにすごすことになった。

そして、アブサンの登場は、カミさんの猫という存在に対する意識を、一変させてしまった。はじめは抱き方も分からぬようだったし、よろこんで喉を鳴らせば怒りの表現と勘ちがいして狼狽していたくらいだった。

ところが、アブサンとの二十一年の中での、カミさんの猫に対する親近感にはすさまじい変化が生じた。その変貌にはしばし呆気にとられたりもしたが、それはカミさんの軀の底にしずんでいた、自身でも気づかずにいた何かが、ごく自然に浮上しただけのことだろうと思いを落としこんだ。何しろ、私が診断するところ、カミさんは犬族というよりも猫族であるにちがいないのだ。

アブサンは、日比谷公園でひろわれたあげく吉祥寺のわが家へ連れてこられた仔猫だったから、外へ出せば迷いかねぬというので、しばらくは家の中だけを行動の場にしなければならぬと思ったが、その習慣が二十一年間つづいてしまった。三度ほど戸のすきまから脱走し、てんてこまいで探す騒動があったが、その例外をのぞいて、アブサンの生きる場所は家の中だけだった。その生き方を強いてしまったことで、私はいまだにアブサンへのかるいうしろめたさを拭いきれずにいる。

アブサンは私たちの勝手なルールづくりの中で、自由な空間を制限されたまま、大往生とはいえ生涯を閉じてしまった。

アブサンは終始家の中にいて、引戸で仕切られたガラスの向こう側を自在にうごきまわる、自分と同じ種族のありさまを、とくにうらやましいとも思わずながめているようだった。自由をうらやむ神経もまた、私たちのルールがアブサンから失わせてしまったもののひとつであるのかもしれなかった。

ガラスをへだてた内側のアブサンと、外側に跋扈《ばっこ》する野良猫たちを交互にながめるとき、私は複雑な気持にならざるを得なかった。

アブサンにとって、外側にあらわれては消える猫たちは、ある意味でガラスをへだてた風景のようなものであり、外の猫たちにとってアブサンは、ガラス戸の中にいる置物みたいな存在であったかもしれない。それでも、同じ猫同士の信号めいた交換くらいはあったのではないかという希《ねが》いもまた、捨て切ることのできぬものだった。

そんなわけで、わが家の庭にあらわれては消えていった代々の猫たちに、自由な躍動の爽快さとそこにからむ残酷さを、家の中だけですごすアブサンの生き方との対比として見せつけられてきたような気がする。アブサンには、時おり不憫の思いをかさねたが、外に生きる猫たちからは無常観のようなものが伝わってきた。

これはもしかしたら、家の中に閉じこめつづけたアブサンへのかるいうしろめたさが生じさせる思いかもしれないが、庭に入れかわり立ちかわりあらわれる猫たちは、単なる野良猫というよりも、わが家にとっての外猫《そとねこ》という存在だったのである。

第一章　袖萩《そではぎ》の時代

野良猫は、「飼主のない猫。野原などに捨てられた猫。どらねこ」などと辞書には出ている。「どら」は「放蕩。道楽。また道楽者。のら」で、「どらねこ」の項を引いてみると、「さまよい歩いて、よくぬすみ食いなどをする猫。のらねこ」というふうにぐるりと一周する感じだ。

このような解釈から、「野良猫」という存在の動物らしい本当の野生という世界とはひと味ちがう、人間に飼われはしないけれど、人間に寄りそって生きる雰囲気が伝わってくる。庭にやって来る野良猫たちもその通り、軟弱な野生とも言えるが、したたかな生き方とも言える、摩訶不思議な野生のありようを示しているのである。

私たちは、庭にやって来る野良猫に、アブサンに与えていたのと同じキャットフードや煮干しなどを与えていた。それは、ガラス越しにアブサンと意識の交流をしてくれる相手への、ささやかなお礼という気分をともなってのことだった。

そんなことをしているうちに、それぞれの猫を勝手につけた名前で呼ぶようになった。その名付け親は、私であったりカミさんであったりするのだが、気ままにつける無責任といえば無責任な名づけ方だった。ブロック塀の上を気取って歩く姿からパリコレ、単なる語感だけでココニャンコ、歌舞伎の『奥州安達原《おうしゅうあだちがはら》』の三段目の登場人物の女性のように、雪の日に子連れであらわれたからその名をとって袖萩《そではぎ》……こんな調子で、私たちは庭にあらわれる猫に、それぞれの流儀で次々と名前をつけていった。

猫たちは、はじめは怪訝そうな目をするものの、やがてその名を呼ばれると返事をするようになる。わが家には多いときで十数匹ほどの野良猫が来ていたが、彼らはおそらくわが家だけに来ているのではなく、自分のテリトリーというか縄張りにある家々を、数軒わたりあるいては、餌にありついているはずだ。そして、それぞれの家の人もまた、自分勝手な名前をつけて呼んでいて、猫たちはそれぞれの呼び方に対してそれなりに返事をして、餌を与える相手との折合いをつけているにちがいない。

これは、「よくぬすみ食いをする」と辞書に出ているのとはちがい、いくつかの家の外猫となって生きてゆく、独特の智恵を駆使した野良猫の生き方なのだろう。まったくの野生とも家猫ともちがう、特殊なゾーンで生きている外猫という存在が、ほとんどの野良猫と呼ばれる猫たちの内実ではなかろうか。

かつて、清水の家で祖母とタマとの〝三人暮らし〟をしていたころは、野良猫に餌を与えるなどという気持を、各家庭が持ち合わせる時代ではなかった。近くにある八幡神社を根城とする野良猫などは、「よくぬすみ食いをする」猫であったろうし、ネズミの駆除にも役立つなど、小動物に狙いをつける野生の牙も持ち合わせていたはずだ。タマだって、ときには天井裏を追いかけまわしたあげくに仕留めたネズミをくわえ、ほめてもらおうとあらわれて、祖母を仰天させたこともあったのだ。

だが、同じ戦後の時代であったにもかかわらず、祖父が住む鎌倉の家では、広い庭にあらわれる野良猫に餌を与え、家に入って来れば拒むことなく飼い猫の一員に加えて名前をつけ、面倒をみていた。何らかの原因で死んだ猫は手あつく葬り、床の間に骨壺がいくつもならぶこともあった。

そのころ、清水の家の界隈で、自分の家の猫でない野良猫に名前をつけて呼ぶ習慣などまったく見当らず、ましてや死んだ猫を葬るという発想などあり得なかった。猫は、家にいる猫でもその死を看取るケースはごく稀で、死ぬときは何処か人の目のとどかぬところへ行き、ひっそりと自らの始末をつけると言われていた。そして、それが猫という動物の神秘性であるとも。

しかし、猫にとっての時代はしだいに清水の家のごとき環境から、鎌倉の家のような環境へと移行していった。それにつれて、猫の野性はやはり磨滅してゆき、ネズミをこわがる猫さえあらわれた。その矢印の先には、猫のペット化時代が見えてくるという時の風向きだった。

そんな変遷の中で、特定の家に居つくでもなく、生っ粋の野良でもなく、何軒かをわたりあるいてそれぞれの家との折合いをつけ、ミケと呼ばれりゃニャンと答え、ピーコと呼ばれてもニャンと答える、外猫という智恵を駆使する領域が誕生した……そんな筋道が浮かんでくるというわけである。

ただ、外猫の生き方を連続してながめていると、その生命の最後のところには〝無残〟の二文字が浮かんでくる。

たとえばわが家の外猫であった袖萩は、眷族《けんぞく》を率い強権をもって支配する、恐怖政治を敷く女帝のごとき存在だった。雌猫であるゆえ子をはらむときもあり、そんなときだけわが家にも姿をあらわさず、やがてどこかで産んだ仔猫をくわえてやって来る。かつて猫に無知だったカミさんが、その仔猫のための牛乳を用意して、アブサンの機嫌を気にしながら右往左往しているのもおかしかった。その袖萩の子がまた仔猫を産み……というぐあいで、庭が袖萩一族の支配下にあるような様相を呈してきたときさえあった。

そうなってくると、袖萩一族も渾然一体となり、誰が誰の親やら子やら分からぬありさまとなった。それらの中には、いささか頭の弱いオジサンといったやつもいて、生まれたばかりの仔猫をかわいがっていると思いきや、オモチャがわりにお手玉みたいにして遊んだり、くわえたまま塀に跳び上がったものの、空をかすめるカラスに気をとられているうち地面に落として死なせてしまったり、およそ秩序だった一族とは言えなかった。

この頭の弱いオジサンのやり方は、もしかしたら母親に雌としての気を向けさせるための、特有の子殺しの行為である可能性もあるだろう。

ただ、そのような雰囲気の中で、猫の世界も人間と同様、わが子を育てきる力のない親が蔓延しはじめているという兆候を感じたのもたしかだった。産むことはするものの、子を守り育てる能力がない親猫が次々とあらわれ、育てあがる前に命を失わせてしまう。猫をおそう不可抗力の病気もあったには相違ないが、それよりも親が子を守る野性の絆に、ほころびが生じているらしいという感じを受けるのだった。

そのため、庭にはいくつもの仔猫の墓ができていった。敷地内とはいえ庭に動物を埋めるのは法律違反だと承知はしていたが、会社へ出かける直前に事態を知るケースがあったりして、そのたびにとりあえず庭に穴を掘って埋めた。そうでもしなければ、またノーテンキなオジサンがオモチャがわりにしかねないための応急処置のつもりだった。穴を掘りわが子を埋める私の目を、不安そうにながめる親猫も、すぐにそんな自分を忘れたかのように餌に近づいていく。そんな光景を、私は荒涼たる気分でながめたものだった。

そしてある日、散歩から帰ってきた私は、道の真ん中でうごいている、うすい茶色を目にとめた。近づいてみると、やはりわが家の庭で生まれたばかりの仔猫だった。なぜ車が通る道までやって来たのだろうか……私は仔猫を抱きかかえながら思った。ろくに歩くこともできぬ仔猫が、庭から這うようにしてそこまでやって来るのはかなりのことだ。

匍匐《ほふく》前進のようにわが家から隣家の庭へ入りこみ、出たところが車の通る道であることなど知るよしもない、まだ目が開くか開かぬ状態の仔猫は、そのまま這うようにすすんで道の真ん中までやって来てしまったのだろう。

そして、コンクリートの感触と周囲の音などに違和感と恐怖をおぼえ、そこにうずくまっていたにちがいなかった。

偶然、車が通らぬ時間であったことが、この仔猫の幸運というものなのだろうと、私は庭へ連れ帰り、子の面倒を見ることのできぬ親のそばに置いた。

その仔猫が、私にとってはやはり気になった。なぜ親からはなれてひとり庭から這い出さねばならなかったのか……その答えがいくつも浮かんでは消えることがくり返された。ノーテンキなオジサンがくわえて塀へ上がり、隣家の庭へ置き忘れた可能性も、その答えのひとつだった。

やがて、庭の外猫が大世帯になってきて、とりわけ仔猫がふえてきた。私は、大きいダンボールの上にガラス板の屋根をのせ、カミさんの故郷から送られてきたリンゴ箱を土台にした小屋みたいなものをつくり、庭の一角に置いた。ガラス板の周囲には猫がケガをしないようにガムテープを張った。雨の日にそこへ入れば濡れずにすむ……そんな気分だった。

庭の猫たちは、その小屋にちらりと気を向けたりもしたが、積極的に入ろうとはしなかった。ところが、ある雨の日に庭の小屋をながめた私は、ダンボールのふちにアゴをのせ、ぼんやりと宙に目をやっている仔猫に気づいた。それは、外の通りの真ん中でうずくまっていた仔猫の、少し成長した姿だった。

そのころはあまり数がふえたせいで袖萩以外には名前をつけていなかった。袖萩一族くらいの感じだったのだが、自分がつくった小屋に入り、雨の日に宙に目をやっているその仔猫に、何となく縁を感じた。こいつ、もしかしたら俺にたすけられたことを恩義に感じ、せっかくつくってくれたのだからと、サービス精神で小屋に入ったのかもしれぬなんぞと、ほくそ笑む気分がわいて、アメという名前をひそかにつけた。ちょいとばかり趣味的すぎて、カミさんからはＯＫが出にくそうな、仮免許といった感じの命名だった。だが、ダンボールの中で雨宿りをするアメの姿は、なかなかの風情だった。

午後になっても雨は降りつづき、他の猫は軒下で袖萩に寄りそっていたが、アメだけはダンボールの中で、やはりぼんやりと宙に目をやっていた。午前中と同じようにダンボールの中で雨宿りをし、同じポーズをとっているアメを見て、私はざわっとするものをおぼえた。

すぐに庭に出て近づいてみると、アメはダンボールのふちにアゴをのせた雨宿りのポーズのまま死んでいた。ほかの仔猫が小屋にいない理由はこれだったのか……そんな思いもわきかけたが、ともかく自分がつくったダンボールの小屋を、アメが死場所に選んでくれたという気持の方にこだわることにした。

そっと抱きかかえてタオルでくるみ、庭に掘った穴の中に、アメを寝かせて土をかける私を、他の猫たちは黒澤明作品に出てくる農民のごとく、遠くから怪訝そうにながめているだけだった。カミさんとアブサンは、ガラスの引戸の内側から、私のうしろ姿を見ていたはずだ。おそらくアブサンは、外の猫たちとはちがう意味での怪訝な表情を浮かべていたにちがいない。

その後、アメのいないダンボール小屋に入る猫はいなかった。死の余韻を嗅ぎとっているのだろうか……そんな気もしたが、深くは考えぬまま私はダンボールを解体し、アメが雨宿りをしていた舞台は、わが家の庭から姿を消したのだった。アメとは、短かったが何となく濃い縁を感じた。

そんな時のながれの中で、袖萩がついに死んだ。といっても、その姿を確認したわけではなかったが、前日の様子からそれは十分に想像できることだった。

わが家の東側に、いまはけっこう大きい家が三軒ほど建っているが、当時は雑草がしげる広大な空地となっていた。それでも、年に二度くらいは草刈りをするらしく、空地の真ん中あたりにある材木を腰かけがわりにして、タバコをすう作業員の姿を見かけることがあった。

そのころのわが家の書斎は前面が窓になっていて、正面に空地が見わたせる位置にあった。ある日、私は原稿の手を休め、書棚からぼんやりと空地をながめていた。すると、空地の中央あたりにかげろうのようにゆれるものがとらえられた。私は、本棚から双眼鏡を取って、ゆれるかげろうのようなものに焦点を絞りこんだ。そのものは、風になびいてゆれているようでもあり、生き物が苦しい息の中で小刻みに痙攣しているようでもあったが、やがてそれが空地にうずくまる袖萩の姿と分かった。

わが家に子連れであらわれたとき、すでにかなりの年齢だったにちがいなく、袖萩自身はもはや老猫の域に達していたはずだ。

塀を乗りこえて空地に行ってみると、草刈りの作業員たちが腰かけにしていた寄身をひそめるには手ごろな凹《くぼ》みがあり、袖萩はそこにうずくまっていた。近づいてみると、袖萩はかろうじて顔を上げたが、材木に押しつけた側の毛が頰に張りついたようになり、左右の均斉のとれぬ不思議な貌《かお》になっていた。

ここにいるのがどうして分かった……という感じで私を見すえたその眼の中の瞳が、もはや生気を失ったうすい色になっていた。その表情は、戦後の時代劇に出てきた老怪優のような感じだった。私は家へもどり、冷蔵庫から牛乳瓶を取り出し、牛乳を皿に注いで、ふたたび袖萩のそばに行った。

よけいなことをするな……半分は野良の警戒心をただよわせ、半分は顔見知りへの屈託を匂わせていた袖萩は、やがてもどかしく牛乳の入った皿に顔をかたむけ、ゆっくりとすすっていた。いつまで見てるんだ……そんなセリフを内にふくんだように目を上げた袖萩にたじろぎ、私は塀を乗りこえてわが家へともどり、しばらく書斎から双眼鏡で袖萩のうごきをながめていた。

間近に見た衰えはてた姿から、袖萩がもはや断末魔の状態にいることはうごかしがたいと感じられ、双眼鏡の中にセンチメンタルなくもりが生じた。

思えば、雪の日に子を連れて軒先にあらわれたゆえに袖萩という名前をつけたものの、親しみをいだいたことはなかった。ただ、わが家の庭にあらわれる猫の中に、おかしがたい権力を確立し、野良の女帝として君臨してきた歴史のようなものが、その断末魔を予感させる顔から立ちのぼっていた。そして私は、そんな袖萩に対して、遅ればせの敬意のようなものをおぼえたのだった。

アブサンとの縁によって、ようやく猫の世界に馴染みつつあるカミさんに対して、野良猫の宿命としての袖萩のシビアな姿については、あまりくわしく説明しなかった。そして、双眼鏡の中の袖萩に無常観をおぼえながらもじっとその姿を見定めていたのは、ある意味で冷淡な、きわめて私らしい対し方だった。

翌朝、ふたたび塀をのりこえて空地へ行ってみると、そこにはすでに袖萩の姿はなかった。皿の中の牛乳がなくなっていたから、いちおうは飲み干したのだろうと思いながら、二度と袖萩を見ることはないだろうという実感につつまれた。

第二章　ケンさんの登場

袖萩がいなくなると、袖萩一族も散りぢりとなり、袖萩の統率力がいかにすぐれていたかをかみしめることになった。季節ごとにあれほど規則的に子をはらんでいた雌猫が、あまり子を産まなくなったのも、その死とつながるか否かはべつにして、袖萩なきあとの変化だった。

袖萩一族がいきおいを失ったあと、その一族以外の猫たちがあらわれた。と言っても、袖萩時代にも時どき姿を見せていた猫たちなのだろうが、私があまり気づかなかったのだろう。わが国の歴史で言えば、応仁の乱後に武士団が群雄割拠し、天下統一を目論んだ時代……いやこれは大雑把にすぎるが、わが家の庭にこれまで見なかった色合いの猫が徐々に目立ちはじめたのはたしかだった。

その中で、一頭地を抜く存在として登場し、にわかにあたりを蹴ちらすいきおいをもって、ケンカの強さによって織田信長のごとくこの界隈のボス的な立場にのしあがったのが、白黒の雄猫だった。

よく見ると、黒色の中に細かい筋のようなものがあるから、そこだけが広がっていけばアブサンと同じような、縞猫、虎猫になるのだろう。そして、茶をまぶせば三毛という実にあいまいな模様だが、何とも不思議な雰囲気をもつ姿かたちだった。

その一大特徴は、目鼻立ちの美形とケンカ早い性格だった。そこで、カミさんは即座にケンさんという名を献じた。すなわち、任侠映画において高倉健演じるところの恰好いい役をかさねてのネーミングだった。任侠映画などあまり見たことのないはずのカミさんにしては、いささか突飛な発想だと思ったが、言われてみればケンさんには、すっきりした着流しの美形というムードに通じるところがあり、私にも異存はなかった。

こうやって、本書のタイトル・ロールであるケンさんが誕生したというわけである。

ケンさんは何しろケンカ早くてケンカ強い乱暴者……これは、美形をのぞけば高倉健の役どころとは馴染まないのだが、そのへんは任俠映画の素人たるカミさんの、素人的センスによるネーミングゆえということになるだろう。ただ、我慢に我慢をかさねいよいよ堪忍袋の緒を切って修羅に乗りこんだ場面で高倉健演じる男の、あの斬って斬って斬りまくる以外にどうしようもない境地だけを切り取れば、そのネーミングに何となくふさわしいのではないかと、誰も引受け手のない容疑者の弁護を担う国選弁護人めいたカミさんへの弁護のセリフを、私はひそかに呟いたものだった。

猫という世界に疎かったはずのカミさんが、アブサンとのかかわりの中で猫に心を近づけ、庭にあらわれた乱暴者の雄猫に、積極的に名前をつけるについては、とりあえず一ミリくらいの成長と見ることができるだろう。そんなことを思っているうちに、最初はあまりそぐわないと感じていたケンさんという名前を、私も徐々に受け入れるようになっていった。

袖萩の権勢がゆるぎない時代における、ケンさんの姿は想像できず、やはり袖萩が世を去り、この界隈の野良猫たちの中に一種の戦乱状態が生じはじめたころ、ケンさんは一匹狼の野武士のような存在として登場してきたにちがいなかった。

袖萩がいなくなると、それまで影をひそめていた野良猫たちが、時をずらすようにして庭にあらわれた。その入れかわり立ちかわりが実にうまくいっていて、雄猫と雄猫、雌猫と雌猫が遭遇することは少なかったが、たまにかち合ったときは、やはりケンカ沙汰がはじまる。そんなときには、わが家の外猫というよりも、この界隈を縄張りとする野良猫同士の、野性にみちた表情やうごきがあらわれ、それを見てはじめてその猫の性格が分かるという発見が、何度もあった。

猫は夜行性であるから、夜になってあらわれる野良猫は多く、ラッシュアワーみたいな様相を呈することもあり、そんなときでもなるべく他の猫と遭遇せぬよう、野性を研ぎすまして行動しているらしいことが、庭という舞台をながめているうちよく分かってきた。

ケンさんもまた、あたりの様子をはかりつつ近づいてくるのだが、ガラス戸の外にある網戸をすかしても、白と黒のくっきりとした模様と、目鼻立ちのきれいさが目立っていた。アブサンの目はグリーンだったが、ケンさんはブルーだ。その澄んだブルーの目を見ているかぎり、気性の荒さ、激しさなどはまったく想像できなかった。

　ケンさんは、ガラス戸の内側から自分をながめているアブサンを見て、最初からとくに敵愾心をあらわすことをしなかった。あれは別物……くらいに思っていたのだろうか。アブサンが庭にいる猫に興味を示すことはなかったが、向こうがうなり声を発し、威嚇するような態度をとることが最初はたまにあった。それでも、やがて馴れるとでもいうのだろうか、外の猫たちの方もあまりアブサンを意識しないような感じになっていった。

　アブサンは自分が彼らと同じ猫族だということを知らないのだろうか……鏡を見てたしかめるわけでもないのだから、ガラス戸の外に跋扈《ばっこ》する猫たちと、自分の姿かたちがかさなるとは感じられないのかもしれない。日比谷公園で会社の上司にひろわれる、いや出会う前はとりあえず野良の仔猫だったわけだが、狼に育てられた人の子の逆で、わが家の環境を自分の世界とするようにされてから、やはり野性のネジを引き抜かれた生き方になってしまっているのだろうか。アブサンが外の猫に興味を示さないのを、私はあれこれと考えながらながめていた。

ケンさんがアブサンに敵愾心を示さなかったのは、自分に危害を加える要素が何もないと、アブサンの本性を見破っていたのかもしれない。お坊っちゃんとして育った子に、半ばうらやましさを、半ば同情心をいだいている不良の子……そんなイメージをケンさんにかさねたこともあった。ともかく、ケンカ者のケンさんがアブサンに牙を剝かないことに、私は安心していた。

ケンさんのケンカのしっぷりは、まことに容赦のないものだった。猫はいつどんなタイミングで相手を察知するのか分からないが、つねにあたりに気をくばっているようなところがある。引戸の外へ出した餌を食べている最中も、おこたりなくうしろへ意識を向け、用心深いことこの上ないといった感じの場面が多い。ただ、時おり妙に油断しているときがあってハラハラすることもあった。

そのハラハラはもちろん、数メートル先とはいえ、背後にケンさんが近づいていることを知らずに、屈託なくキャットフードを食べている猫がいるといったケースだ。

このあたりが、数百メートル先から獲物を狙うライオンとは、同じネコ科であっても野性のレベルがちがうところで、ケンさん自体もかなり近づかなければ他の猫の存在に気づかぬようなときがあるように感じられた。あれはほかに気をとられているときのありようか、あるいはかなりの上機嫌のなせるワザなのか、その答えはもちろんつかめないのだが、たまにとんでもない至近距離で、突然にお互いが気づくようなシーンが出来《しゅったい》するのだ。

うしろを向いてキャットフードを食べている猫に、機嫌よく隣家の塀の上を歩いて来たケンさんが、わが家に近づいたころにようやく気づく。気づくやケンさんの目がいきなり鋭くなり、軀のかまえが戦闘モードに入る。だが、いきなり飛びかかるのではなく、まず油断なく身がまえて相手の様子をさぐるのだ。

そして、相手がうしろのけはいを感じとり、危険を感じてゆっくりとふり向くその一瞬、軀の底にためていた息を押し出すようにうなり声を発する。そのうなり声が、能舞台の囃方《はやしかた》による地の底からしぼり出すがごとき気合いを思い起こさせるのだ。

ヨーオ！　ヨーオ！　のあとにイヨーオ！　となって大鼓《おおかわ》をカン！　と打つ、あの得も言われぬ雰囲気に似た掛け合いが、やがて両者によって発せられる。それは、声というよりも軀の中にわき上がった熱と興奮が息となり、声帯を押しひろげて放たれるというふうで、猫自体がその熱と興奮に突きうごかされているかのように感じられる。そのありさまはむしろ神秘的であり、いささか物の怪《け》めいた凄みさえ伝わってくる。

武道には、殺気、間合《まあい》、残心などの言葉が用いられるが、猫のケンカにもこれにかさなる空気が生じる。二人の剣客が剣をかまえつつ間合をとり、時おり気合をかけ合って対峙するものの、おたがいに打ちこむ隙を見出せず時がたっていくという、芝居や映画で見るあの状態だ。

私は、剣道の日本選手権などをテレビで見て、ふと猫のケンカを思い出すことがある。鍔迫《つばぜ》り合いの中で、妙に甲《かん》だかい声をあげている選手のありさまが、そう思わせたのだった。往年の宮本武蔵や斎藤弥九郎や千葉周作などの剣客が、果してそのようなキイの高い悲鳴に似た声を発していたのだろうか。

あれは剣術や剣道というより、竹刀競技と呼ぶのがふさわしいのではないか……悲鳴にも似た気合を聞いたとき、私の中の剣道に対するあこがれがいささかしぼんだものだった。しかし、あれもやはり、声というより二人の中の熱と興奮が、喉や口という人体の器官をふるわせたあげく、声のような感じとなってほとばしり出る、不自然な音にはちがいない。

　もっとも、沖縄や宇和島の闘牛を見物に行ったさい、かなり痛手を負ってもそれをあらわさず、かるいダメージでも時をかせいで間をおくといったような闘い方を、闘牛自体が本能として持ち合わせているという感じをいだかされた。そのテクニックは人間に似ていると思ったが、実はその逆で、動物の闘争本能の中にはもともとそういうフェイント術が仕込まれていて、人間がそれを学んだ、あるいは写したのかもしれないのだ。

　となれば本家は闘牛、あるいはケンカ中の猫ということになり、ふだん端然たるケンさんが、いきなり動物の闘争本能を身にまとう神秘こそ、猫そのものの自然体ということになる。

　ケンさんは、網戸に爪を立てて「いいかげんに気がつけよ」とばかりに、部屋の中にいる私たちに自分の存在をアピールする。

　そのあたりは無頼の一匹狼の面目躍如だが、いざ私たちが引戸と網戸を開けて餌を出しているあいだは、前肢をきちんとそろえそこにしっぽを巻きつけて待っている。

下手に手を出せばいきなり爪がおそうにちがいなく、そのいっときの礼儀正しさにいささかの不気味さを感じないでもないが、その二面性のあざやかな対比こそが、ケンさんの真骨頂であるにちがいない。

いずれにしても、キャットフードを食べていた猫とケンさんは、おたがいに間合をはかりつつ、軀の底からわき出づるうめき声にあやつられるがごとき微妙なうごきを見せ、一定の距離から間《ま》をつめずに長いこと対峙している。けっきょく、このまま刀をおさめて引分け、ケンカは無しということに……という私の期待をやがて裏切るのは、もちろんケンさんの方だ。

相手は、目が合ったとたんに、おそらくケンさんのケンカの段位を察しているにちがいないから、攻撃するというよりもいわばガードを固めて守っているだけだ。そんな相手にしばらくは調子を合わせているが、いきなり息を呑むほどの鋭さでケンさんは突進する。そのあとの攻防は、私などの目にはとらえきれぬくらいのめまぐるしさだ。

しかし、その攻防をスローモーション・ビデオでもどしてみれば、ケンさんが余裕綽々に相手をいたぶっているシーンが再現されることだろう。その段階でケンさんはすでに、相手の力量を見切っているはずなのだ。ふたたび軀が離れたとき、ケンさんの表情にどこか余裕の色がよぎって見えるのは気のせいか。何しろ、ケンカに関してはそれくらい段位の高いケンさんなのだ。

ケンカはどうやら、ケンさんが「今日はこのくらいにしておこう」という気分になったあたりで終るらしい。そんなとき、ケンさんはそれまで徐々に詰めていた相手との間隔をかすかにゆるめるようにして開け、歌い上げるようなうなり声の音量を、最高潮から下げる感じにしてゆく。そして、勝敗あるいは強弱がはっきりついていることを念押しするようにして、強面《こわもて》の地回りみたいなあと味を残し、相手から離れて行くのだ。

猫のケンカというのは、極端な例をのぞいては殺し合いにはいたらず、歯か爪で相手にケガを負わせたくらいのところで幕を閉じる。このあたりが純粋野生の動物とはちがう、人に寄りそって生きる動物の微妙なところなのだろう。

そうやって、いったんケンさんに負けた同じ猫が、ある日また同じように屈託なくキャットフードを食べ、うしろにケンさんがあらわれたのを、ケンカの場面になるしか仕方のない距離に近づくまで気づかず、同じようにうめき声をあげて睨み合い、同じように追いつめられたあげく、同じように思い知らされることをくり返したりもしている。不思議といえば不思議なありようであり、これもまた純粋な野生とはひと味ちがう猫らしい風景であるのかもしれない。

第三章　アブサンものがたり

猫のテリトリーは半径数百メートル以内とも言われ、これは狩猟圏と呼ばれるらしい。それに対して〝絶対の自由圏〟という言葉があり、これは自分が飼われている家と、その庭くらいのテリトリーのことだという。アブサンなどはその庭にも出ず、家の中だけで暮らしていたのだから〝絶対の自由圏〟の中の〝絶対の自由圏〟……いや、アブサンにとっては、そこで生きることを強いられた〝絶対の不自由圏〟の内ということになるのかもしれない。

そのへんに思いが向くと、何となく切ない気分になるので、私は猫に関する研究

書などはあまり読まないことにしている。私にとっての猫とは、まずは伴侶たるアブサンであり、次に目のあたりにあらわれアブサンとガラス越しに交流する外猫たちだ。そこから先へ興味を推しすすめない理由を求めてゆくと、アブサンはもちろん庭へやって来る猫たちをも、私は猫と断定していないというようなことがあぶり出されてくる。猫ではなく、アブサンであり袖萩でありケンさんである……私の中ではそんなふうになっているのだ。人間と同じというのではないが、彼らを猫としてひとくくりにしてしまうことに、いささかの違和感をいだいているのかもしれない。

これは、学究的精神の乏しい自分への言い訳でもあり、それを反省してたまに出来心的に猫に関する本を読んだりすることもある。そして、なるほどとうなずくところまではいくのだが、そこから先へすすまない。猫のテリトリーについても、その生態についても同じこと、ああそうなのかと感心するところを超えることのない私は、〝普遍〟の追究よりも〝個〟の複雑さや面白味に深入りしたくなるタイプなのだろう。

さて、袖萩が一族をともなって界隈をわが領土といった感じで支配していたのとちがって、ケンさんは雄猫のせいか徘徊派で、わが家の庭にだけたよるというけはいはまったくない。そして、どこかの家の縁の下か小屋か、ケンさんが基本的な棲み家あるいは雨風をしのぐ砦とするような場所があるにちがいないのだが、その場所の見当などつくはずがないのだ。

ともかく私たちが、庭に立ちあらわれる猫たちに餌をやり、アブサンが彼らと何らかの気の交換をするという時間が、かなり長くつづいていた。

その間、私は会社をやめて、やけにせせこましく仕事をするタイプの物書きとなり家も建て直したが、猫たちがやって来るのは、地面がレンガのポーチに変貌したとはいえ、以前と同じ南に面した小さな庭だった。

私は、旅や取材に追われて留守がちの時のすごし方がつづいた。一年の四分の一、つまり一季節分くらいは家にいないというふうな生活ぶりだったのだ。

そんな時のながれの中で、猫の素人であったカミさんの心への猫の浸透ぶりはすさまじく、アブサンとの時間の綿密さについても、あきらかに私より上位になっていった。

街へ出かけて行っても、途中で出会う何匹もの野良猫や飼い猫に声をかけ、それぞれに勝手に名前をつけていたが、相手が多すぎて名づけ方がぞんざいになり、ミータンと呼ぶ猫が何匹もいることにあるとき私は気づいた。「ミータン！」とカミさんが呼びかけると、そこかしこのミータンがカミさんに向かって鳴いてみせる。

このアバウトな関係も、カミさんにとって未知であった猫という存在とのあいだに生じた広がりを象徴するものだった。ある意味では、アブサンを引金にして、本来猫的である自分の個性が開花し、その波紋が周辺にまで広がっていったとも言えるだろう。

私の留守中も、庭に来る猫にキャットフードは出していたのだろうが、やがてカミさんの気持はアブサンに集中せざるを得なくなっていった。それは、アブサンの寄る年波というものが原因だった。

年齢をこなすにつれ、アブサンにはある種の風格のようなものがただよいはじめ、私などはその何かをつかんだような横顔を見て、アブサンが人間の年齢で言えばとっくに自分をこえていることに、不意に気づいたりするありさまだった。カミさんは、そんなこんなを刻一刻と新鮮にしかも濃密に味わっていったのだから、アブサンへの思いが熱くなるのは当然のことだった。

そして、ついに来るべきものがやって来た。アブサンは、幼児のかわいらしさ、青年の雄々しさと潑剌《はつらつ》さ、壮年の円熟、老年における風格を私たちに与えたあげく、一九九五年の二月十日に二十一歳をもって大往生をとげたのだった。この一事のカミさんへのダメージは、仕事のスケジュールを追っている留守がちだった私とは、くらべものにならぬほど痛いものだったはずだ。

今という時間から、そのときの気持を冷静にふり返ることはとうてい無理なので、ここは自分が書いた文章でたどりなおすしかない。何しろカミさんとのあいだでは、アブサンの最期となった日のことはいまだ禁句のままである。その文章には、当時の私の気持がつづられているわけで、その後も時とともにアブサンへの気持が高まっていったり、おだやかになったりすることをくり返して、今日にいたっているのだが、とりあえずひそかに記憶の底の自分をたしかめる気分で、一九九五年十二月に刊行された『アブサン物語』の「エピローグ　アブサンは何処へ」と冠された最終章の一節へと舞いおりてみた。

ある日、私の脇を通り過ぎて行くアブサンを目で追っていると、その歩きが左側によれたような感じになっていることに気づいた。足でも痛めたのか……そうも思ったが、もっと根本的な軀のバランスの問題のようだった。軀の衰弱は、すでにかなり進んでいるらしい。しかし、二十一歳というアブサンの年齢を考えれば、こうやって一緒に暮していることが不思議なくらいだ。ここまでやってきた根本は、やはり丈夫から発するこれ名馬なりの世界だろう。変な話だが、見知らぬアブサンの御両親に一度会ってみたいなという、埒もないことを私は真剣に考えたりしていた。

正月を過ぎると、アブサンはおねしょをするようになった。カミさんのベッドに入って眠っているとき、そのままやってしまう日がつづくようになり、カミさんはおねしょを前提とした手当てをしなければならなくなった。たまに私のベッドへやって来たときも同じだった。自分の小便で濡れた軀のまま、のそり、のそりと廊下へ出て行くアブサンのうしろ姿に哀愁が宿っていた。

その間にも、何度か電話でタテオカ先生に相談することがあった。電話でのアドバイスを受けたり、玄関先で見てもらったりしたが、あまりきびしい治療よりも、アブサンを自然の成りゆきになるべく楽に従わせるという方向が、タテオカ先生の考えのようだった。

　アブサンの痩せ方が極端になり、かつての三分の二くらいの大きさになってきた。食欲がなくなり、焼魚を近づけても反応がなくなった。風邪のせいかと思ったが、そういうことではなさそうに見えた。ある時期から、じっとしているときアブサンの顔が、かすかにふるえるようになっていたが、その徴候が顕著になっていた。テーブルに上ることもなくなり、ひとつの場所からあまりうごかなくなった。眠っていて、かなり時間をかけて起き上ると、廊下のトイレへ向うだけだ。だが、そのあとで見てみると、便のあとがほとんどなかった。何も食べず、何も出さずという状態になっているのだろうか……私はカミさんと相談し、とりあえずタテオカ先生に来てもらうことにした。

「二十一だからね……」

　アブサンを見て、タテオカ先生はまずそう言った。ブドウ糖と栄養補給のためのビタミン注射を首のうしろにしてくれたが、そのときアブサンがゴロゴロ言っていたので私はおどろいた。腸の中のものを消化させるための薬をくれたが、とにかくアブサンを自然なありかたにまかせるように言われた。そして、いまのアブサンにとってはどんなに広い場所も狭い場所も同じだから、大き目のダンボールの中へ入れておく方が、どこへ行ったかを心配するよりよいと勧められた。

「二十一歳だからね……」

帰りぎわにも、タテオカ先生はそう言った。（略）

私たちは、一メートル四方くらいのダンボールの中に布を敷きつめ、そこへアブサンを寝かせた。寝かせたというより、アブサンの姿勢は寝るかたち以外になくなっていた。そこでアブサンは、スポイトで送り込む流動食をかろうじて口に入れ、息を整えてから眠った。おしめをしておいたから、おねしょにも受け皿があった。アブサンにとって、たしかに広い場所も狭い場所も同じ、ダンボールの中がごく自然に生きる自在の空間だったのではなかろうか。

私たちは、暖房の利いた寝室にアブサンのいるダンボールを置き、昼間はテレビを見たりする居間の方へ持って来て、一緒に空気を吸っている時間が、なるべく長くあるようにしていた。

アブサンの息が不自然になり、息をするたびに口笛のような音がした。私たちは、タテオカ先生に頼るより術がなかった。

「二十一歳ですからね……」

タテオカ先生は、この前と同じことを言った。そして、アブサンはいま、とても苦しんでとても痛がっているとつけ加えた。

「でもホラ、ムラマツさんや奥さんが撫でているだけで、アブサンはゴロゴロ喉を鳴らしているでしょう」

言われてみると、アブサンの喉がゴロゴロと音を立てていた。

「いまのアブサンは、痛みや苦しみよりも、撫でてもらっているという感触、実感の方が強くとどく状態なんです。だから、手当てや薬を考えるよりも、撫でてあげるのがいちばんいいと思います」

タテオカ先生は、そう言って玄関で中腰になっていた姿勢を立て直した。そして、私たち夫婦を交互に見て、

「何しろ二十一歳ですからよくやりましたよ、アブサンもお二人も……」

と言った。

タテオカ先生は注射もせず、むしろ私たちへの気休めといった感じのビタミン剤を置いて行った。

その夜、私たちは交互にアブサンの喉を撫で、ゴロゴロいう音を聴いて安心することをくり返した。ダンボールの中のアブサンは、よこたわった姿のままだった。ダンボールの床に押しつけられたあたりの毛が頬にこわばりつき、かろうじて首を上げるアブサンの顔かたちが変って見えた。断末魔の袖萩の力の失せた顔が、一瞬、私の目のうらに生じた。(略)

一時を過ぎ、いつものようにダンボールごとアブサンを寝室へ移動させ、私たちはしばらく深夜のテレビを見ていた。寝たきりのはずのアブサンが半身を起そうとしている気配に、私とカミさんがおどろいてダンボールの中を覗き込むと、必死の思いで軀を立て直したアブサンが、両前肢をそろえてじっと私たちを見ていた。(略)その目は、奇妙なことに両親に挨拶をする白無垢の花嫁みたいに見えた。私が、あわててアブサンの首のあたりを撫でると、アブサンは安心したようによこになり、ゴロゴロと喉を鳴らしつづけた。

それから、私はしばらくしてうとうとと浅い眠りに入り、ふと目覚めるとカミさんがダンボールの中を覗いて首をかしげていた。カミさんは、アブサンの様子をじっと見ていたが、

「アブサンが動かない……」

弱々しく言った。

ベッドから起き上ってアブサンの腹のあたりに手を当ててみると、体温は退いていなかったがすでに硬直していた。時計を見るとちょうど午前二時だった。私は、茫然としたカミさんとアブサンを残して寝室を出ると、廊下を通って応接間へ入り、階段を上って書斎へ行った。このコースは、アブサンがすでに何百回となく通った路だった。書斎にある仏壇の脇に、「一九九五年二月十日　アブサン大往生」と書き記した紙を貼りつけると、私はふたたび寝室へ戻った。

そこには、魂の抜けたようなカミさんがいた。

「子供が死んだんじゃなくて、俺たちは驚異的に永生きをした老人を看取ったんだからな」

私は、カミさんに言いきかせるような強い語調で言った。カミさんは、それには答えずじっとアブサンの亡骸をみつめていたが、

「あと三十分、抱いて寝ていいかしら」

私にそう聞いた。私がうなずくと、カミさんは乾いた目でアブサンを抱きかか

え、

「まだ、あたたかい……」

と言った。カミさんは、そのままアブサンを抱いてベッドによこになった。目を閉じた私の耳に、カミさんが鼻を啜り上げる音がとどいた。そして……それから三十分くらい経った頃だろうか、カミさんが鋭い声で私を呼んだ。起き上ってではなく、姿勢はさっきのままだった。

「アブサンが……」

カミさんの声が上ずっていた。

「アブサンがどうしたんだ」

「アブサンがおしっこした」

「……」

「たったいま、すごいいきおいで」

「失禁、じゃあいま死んだんだ」

「……」

「この野郎、達人の死に方しやがって……」

私は、最後にアブサンに憎まれ口をきいたが、その死に方にほとほと感服していた。ネコは自分の死を人間に見られぬよう、いずれかへ行って見えない場所で死ぬ……それは何度も聞いた話だった。だが、アブサンはカミさんの腕に抱かれて息を引き取った。名人、達人だ……私は、感嘆の声を上げずにはいられなかった。数時間前、まるで花嫁の挨拶みたいなポーズを必死でつくり、私たちに正座をして見せたあと、カミさんに抱かれて死んでやるなどという気遣いを、アブサンは示してくれたのだ。私は、見事すぎると悪態をつくしか外に術はなかった——。（略）

アブサンの死の翌日、カミさんの目は腫れ上り、三日間というものもとに戻らなかった。私はカミさんに〝辰吉丈一郎の十二ラウンド目〟という綽名をつけた。私たちは、庭を掘ってアブサンを埋め、カミさんが故郷の河原から拾って大事にして持っていたという握り拳くらいの小石を、墓石に見立てて上に置いた。

自分の文章をたどり直して、私はまざまざとアブサンの最期を見とどけた日のことを思い返すことができた。ちなみに、カミさんはいまだにこの『アブサン物語』

を読むことができないままである。

　あのとき、私がカミさんに献上した綽名はひどいものだった。大人気プロボクサーだった辰吉丈一郎は、魅力的で強いけれど目の上下を切って血まみれになり、試合後は両目がふさがるように腫れ上がっていることが多かった。そんな激しいファイトゆえに私は辰吉ファンだったので、反射的に頭に浮かんでしまったのだ。そして、たしかにアブサンの死の場面でカミさんが受けたダメージは、想像を絶するものだったにちがいない。

　私たちは子供のいない夫婦であるゆえ、いたわりを向けねばならぬ年齢になってからのアブサンが、カミさんにとって特別な存在になっていったということは十分に考えられるのだ。

　人間に換算すればはるかに自分より上であるはずのアブサンに対して、いわゆる子供言葉で話しかけるカミさんを滑稽に思ったりもしたが、庇護を必要とするようになったアブサンへの対し方として、正しい態度だったという気もする。そして、アブサンは腕の中で失禁する芸当により、そんなカミさんの対し方に応えてくれたのかもしれないのである。

ともかく、アブサンの死は私たちに大きな虚脱感を与えた。カミさんは放心状態のような表情をときどき浮かべていたが、それは心がアブサンにいっている時間だったにちがいなかった。それでも、庭につくったアブサンの墓に線香をあげたりしている日々の中で、とりあえずは私たちは、平常心を取りもどしていった。

第四章　外猫という智恵の領域

『アブサン物語』が刊行されたあと、何人かの友人、知人にアブサンの次はどうするのかという質問を受けた。アブサンの次……つまり、べつの猫を飼う気があるやなしやというわけだった。

アブサンの亡きあとに、その代役をつくってしまったらアブサンに失礼というのが、その質問への反応として、まずわいた感情だった。たしかに、どんな魅力的な猫があらわれても、あるいはいともけなげな野良猫を家に入れても、アブサンとの二十一年の歳月をすごしてしまった私たちにとっては代役となり得ない。

また、新しい猫と暮らすことになれば、その猫はアブサンの代役という生き方を強いられかねぬのだ。代役として育てるのも、その猫に対して失礼だという気がした。

実際に一緒に暮らすようになれば、そんな気持は簡単に消え失せて、新しい猫への気持が熱くなってゆくことだろう。そうなればそうなったでちょいとばかりアブサンに気の毒……と気持が堂々めぐりして、けっきょく新しい猫と暮らすことは断念したというのが、もっとも自然なたどり直しということになる。

そして、しばらくの時が経過していくうち、カミさんと私の猫への対し方に、微妙なシフト・チェンジが生じてきた。それは、かつて袖萩一族が権勢をつのらせ、庭に大家族となって棲みついていたころへの思い出と、街の猫に「ミータン！」と次々に声をかけるカミさんのセンスを合体させたようなアングルによるものだった。

アブサン亡きあとも、当然、庭には数匹の猫がやって来ていた。それは、アブサンとガラス越しに何かを交換しているであろう猫たちに、私たちがキャットフードを出していたゆえの習慣が、アブサンの死後もそのままつづいていたせいだった。

カミさんや私にとって、庭にやって来る猫たちは、言ってみればアブサンの縁者のようなものであり、アブサンがいなくなったからといって、むげにその縁を切るにはしのびなかった。

そのころ、わが家の庭にやって来ていたのは、野良猫が三匹と、飼い猫が二匹だった。首輪をつけた飼い猫がなぜ通ってくるのかについては、はじめは首をかしげたものだった。だが、よく考えてみると袖萩の時代にも、首輪をつけた猫がまじっていた。それぞれの猫は、やはり時間差をつけてやって来て、一応は敵対する猫とはあまり遭遇しないようにしているらしかった。

ただ、野良猫と首輪や鈴をつけた飼い猫が、わが家の庭へキャットフードを求めてやって来て、たまに両者が出会うことで、険悪なムードが生じることはたびたびあった。テリトリーを意識する雄同士の場合はとくにシビアで、出会った以上はとりあえずそこが決闘の場に、というムードはある。しかし、雌同士であってももちろんおだやかな関係ばかりではなく、仲の悪い同士となればこちらの方が厄介かもしれぬのは人の世と同じか。

それはともかく、庭が猫たちのそんな舞台となって久しいのはたしかだった。そして、彼らのすべてをカミさんも私も〝わが家の外猫〟ととらえている。アブサン亡きあと、カミさんと私はそれぞれの曲折をへて、外猫へと気持をシフトさせていったのだった。外猫の中の強面《こわもて》はやはり、乱暴者のケンさんだった。すでに、何度にもわたる達引《たてひき》の中で、ケンさんはその地位を確立していた。そうなる過程での犠牲者は枚挙にいとまがないくらいだ。

私は、アブサンの死後に散歩をする習慣を身につけた。アブサンの死と直接にかかわることではなかったが、アブサンの老齢時の状態をつぶさに見ていたことにつながる理由がないでもなかった。私はあるとき、五十五歳をすぎた者のための運動で、リスクのないのはラジオ体操と散歩という記事を、何かで読んで妙に納得した。

そこで、散歩の道筋をいろいろ試行錯誤したあげく、最終的に気に入ったのが、家から二十分ほど歩いて善福寺公園へ行き、池をぐるりと回って帰ってくるコースだった。所要時間は四十五分、途中の風景の変化も申し分ないのだ。

その善福寺の池の端では、かなりのカモやアヒルが池から道ばたまで上がって来て、人になついている。通行人もほほえましくそれをながめて行き交っているのだが、私はある日、奇妙な光景を目にした。

道ばたへ上がってくつろいでいるアヒルから、ほんの三十センチほどのところに、赤茶色の縞模様をした、かなり大きめの猫がゆったりと寝そべっている。昼寝というのでもなかろうが、目を閉じ、時おりその目をあけて通りすぎる人をちらりと見上げたり、目の前のアヒルをぼんやりとながめたりしているのだ。

本来は、かなり危険そうな絵柄なのだが、猫とアヒルが至近距離にいて、おたがいに何ら緊張感や警戒心をあらわさず、うららかな光景をつくっていた。単なる縞だと思っていた大柄な軀の模様が、近づいてよく見ると縞が火焔みたいに渦をまいて、鯔背《いなせ》な柄と映った。

その様子を見て、私は即座にその猫を直次郎と名づけたのだから、〝ミータン〟のカミさんを笑えない話だ。袖萩につづいて歌舞伎引用名づけの第二弾、河竹黙阿弥作の歌舞伎『雪暮夜入谷畦道《ゆきのゆうべいりやのあぜみち》』に出てくる御家人くずれの直侍《なおざむらい》すなわち片岡直次郎という思い入れだ。

江戸末期の頽廃をはらむ名品の趣きをもつこの作品の中で、直侍と花魁《おいらん》三千歳《みちとせ》の色模様や「そばや」の場からは、黙阿弥の面目躍如たる濁りのない粋な芝居気分がただよってくる。

その、十五世羽左衛門をもって極め付きと言われる直侍の役を、私は善福寺の池の端を徘徊する、妙に色っぽい大柄の赤茶縞猫にふってみた。そして、直侍もいいが、猫の名としてはいささか凝りすぎと考え、直次郎ということにしたのだった。以来、通りかかってはその猫に「よお、直次郎」と呼びかけることになったが、直次郎にはファンが多く、かなりの量のキャットフードを用意して、時間をかけて与えている餌やりの先輩みたいな人もいた。

私が直次郎の話をすると、カミさんは散歩に出る私にティッシュにくるんだキャットフードをわたし、直次郎にそれを与えるように言った。私は、そういう役は自分には無理だと拒否した。散歩すること自体が自分には似合わぬと思っている私は、家を出るとき何も書いてないハガキを手に持って出たりするくらいなのだ。ちょっとハガキを出しに行く途中なんで……と、誰かに見られたときのための、私らしい空回りの言い訳の小道具というわけだ。散歩の途中で知り合いに見られたことなど一度もなかったのだから、もちろん私のポーズは空回りだった。

カミさんにも、私のそういう性格はあきらかに見抜かれているのだが、野良猫に勝手に自分好みの名をつけておいて、餌も与えないのは不実だと言いつのられ、ティッシュにくるんだキャットフードを押しつけられた。

直次郎は、私が与えたキャットフードを、素直に食べていた。そのころはすでに、「直次郎!」と呼べば鳴いて答えるようになった。とは言うものの、カミさんが「ミータン!」と言えば、そこかしこの路地にいる猫がすべて鳴いて応えるのであり、直次郎なんぞという古風な名前を、彼が受け入れてのことでないのは分かっている。ただ、名前をつけるというのは不思議なもので、直次郎とつけたとたん彼は私にとって直次郎となり、単なる猫ではなくなってしまうのである。

雨や雪の日、あるいは日が暮れたあとなどには、直次郎の姿はそこになかった。寒く日かげの多い季節には、姿を見ない日が多かったが、気候がゆるみはじめるとまた同じ場所にあらわれ、真夏のきびしい暑さの最中はいずれか涼しいところに身をよせているらしいが、秋風が立てばふたたびお馴染みの舞台に登場する。そんなことがどれくらいつづいただろうか。

そうやって直次郎にキャットフードを与えているうち、自分は家猫でも野良でもなく、やっぱり外猫だったかな……という思いに、私はやけに説得力をもってつつまれたのである。

第五章　吾輩は外猫である

　私は、小学校に入学する直前から高校卒業までを、清水の家で祖母とともに暮らしていたことはすでに書いた。なぜそうなったかと言えば、むかしから放蕩三昧、遊蕩三昧をつづけている文士であった祖父が、戦後になってべつな女性と鎌倉に住むようになり、そこからの仕送りによって妻である祖母と、孫である私の生活を成り立たせるようになったからだった。

　では、その祖母がなぜ孫を育てることになったかと言えば、私が生まれる直前に父が他界したことが大もとの原因だ。父は上海にあった在上海の邦人向けの日本語新聞を発行する上海毎日新聞社につとめていたが、二十七歳のとき腸チフスにかかって死にいたった。一九三九年秋のことだった。

残された母が二十歳という若さであったため、祖父は母に再婚を強くすすめ、生まれた子供である私を、自分の末子の籍に入れた。そこで、戸籍上、私は祖父の長男である父の一番下の弟ということになった。その後、私は父も母もこの世を去ったと言い聞かされて育った。

ここまでは、あの時代の日本によくある話だとして、祖父が戦後になって妻でない女性と鎌倉に家を持ち、そこからの仕送りで妻である祖母と孫である私の清水での生活をまかない、時たまそこをおとずれる文士であったというかたちは、私の家の特殊性と言ってよいだろう。

祖父は、孫である私の養育を祖母に押しつけ、自分は妻でない女性と住んでいたということになる。孫の養育という生活の張りを祖母に与え、自分へ向く祖母の気持を宙に迷わせた。ある意味で、うまく祖母をあやつったということになるだろう。

この祖父のやり方を、祖父の息子である叔父や親戚、あるいは妻である祖母自身も、あまり非難せずに受け入れていたというのが、今になって残る疑問だ。

その理由には、戦後になって祖父が世間に知られる文士となり、その存在を無視できぬと皆が感じてしまったということがあるだろう。世間に名の通った文士の家のざわめきを避けようとする世間体が、最大の犠牲者である祖母をも呑みこんでしまったというわけだ。

そして、なぜか祖父は祖母と清水で暮らす私を、小学校四年生のときの夏休みに、鎌倉の家へ連れて行った。祖父は高校卒業までの養育を祖母にまかせるつもりだったのだろうか。そうなった場合、祖母はひとり暮らしの晩年を強いられることになるのか、私はどこで暮らすことになるのか、あらゆる疑問はのちになって頭に浮かぶことであり、当時の私は自分の将来について何ら疑問を持たぬ子供だった。

祖父に連れられて鎌倉の家へやって来ると、そこには仕事関係の客や近所の家あるいは出入りの職人などから〝奥さま〟と呼ばれる人がいた。祖父の妻は祖母なのであり、子供ながらそれにはさすがに首をかしげたが、その疑問を口に出して言う子ではなかった。その人を、私は〝鎌倉のおばさん〟と呼ぶようになる。

そういえば、清水の家の仏壇に父の位牌があり、その仏壇に灯明をともし般若心経を唱える祖母の姿を毎日のように見ていても、その仏壇に母の位牌がないことに、私は何ら意識を向けなかった。自意識の強い子ではあったという気はするのだが、祖父が敷いた家のシステムに関しては、それをすんなりと受け入れる、叔父や親戚の世間体に通じるものを、子供ながら軀に棲みつかせていたのだろう。

私は、祖父に連れられて夏休みに鎌倉の家へ行ったのを皮切りに、学校の休暇のたびに自発的に鎌倉の家をおとずれるようになっていった。その大きな理由は、祖母と暮らす清水の家にない、鎌倉の家の匂いの魅力だった。

鎌倉の家にただようこれまで嗅いだことのない具体的な匂いは、少年が気を惹かれる新鮮さをもっていた。

コーヒー（と言ってもインスタント・コーヒーというのがいかにも当時らしい）、ミキサーでつくるジュース、いくつものスパイス、ステーキ、鎌倉ハム、オリーブオイルなどに嗅覚を刺激され、巨大な電気冷蔵庫、電気掃除機、レコード盤を何枚もかさねてセットし上から落ちてゆく方式の蓄音器、白黒テレビ、洋式便所といったようなものに囲まれる生活の匂いに、少年の私は圧倒されたのだった。

そこが自分が将来住むべき家であるとは感じなかったが、ともかくその家に縁をもっていることに気の弾みをおぼえていたにちがいなかった。鎌倉の家の圧倒的な匂いの放射に魅入られたと言ってよいだろう。

それでも、休暇の終りに近づくと私は当り前のように清水へ帰り、祖母との二人暮らしにもどった。鎌倉の家へ行くようになった孫を、祖母がどんな気持で受け止めていたか。それはやはりのちになって胸にこたえることで、少年のころにはそこへ思いをいたすことがまるでなかった。

それに、清水の家での祖母との暮らしもまた、自分に馴染まぬものではなく、鎌倉の家とはべつの住み心地のよさがあった。昼ごろに注文を取りに来る馴染みの魚屋から、夕方配達される鰹の刺身は新鮮だったし、独特の黒ハンペン、イルカのタレ（血合いの干物）など、この地方独特の食べ物もけっこう気に入っていた。

祖母がつくるイカの足を胴体に押し込んでの煮イカや、鰹の中落ちの煮つけ、それに久能の浜から来る行商のオバサンから買う新鮮なイチゴやシラスの釜上げやちりめんじゃこなども、楽しみのひとつだった。

鎌倉の家とはちがうものの、戦後の時代にしては暮らしはましな方で、そこに不自由を感じさせぬ仕送りが、祖父の世間体でもあったのだろう。

仏壇、竈《かまど》、卓袱台《ちゃぶだい》、蠅張、障子、三和土《たたき》のある台所、氷の入った冷蔵庫、蠅取り紙、蝿叩き、シャケ、紅ショウガ、ごま塩などをベースにした、清水の八幡神社裏での祖母との二人暮らしに、私は自然に馴染んでいたのだった。

その生活に、祖父に連れて行かれた鎌倉の家の雰囲気が、自分に新しく加わったというのが、少年時代の受け止め方だった。自分には二つの世界があって、それぞれを味わうことができる。祖父の敷いたレールは、そんなふうにして私をもつつみこんでいった。

だが、それはあきらかに一般的通念とはべつの虚構の上に立つレールであり、妻である祖母に私のある時期までの養育をまかせ、自らは鎌倉で〝鎌倉のおばさん〟を表面上の妻として生きる祖父の掌の内のものがたりにちがいなかった。自分の軸はいったいどこにあるのか……それを突きつめぬのもまた、そんな時のすごし方で抜かれたネジのひとつだったのかもしれない。

ともかく、私は小学校四年生のときから、清水の家では祖母に育てられる孫として、学校の休暇のときは鎌倉の広い家敷にやって来る亡き長男の子供としての自分を演じつつ、二つの世界を行ったり来たりしていたのだった。両生類……当時の自分を揶揄するならばそんなふうにも言えるだろう。

このありようにはどこか、外猫のイメージがあるというふうに、庭へやって来る猫たちと、善福寺の直次郎の生き方を比較したりしている時の中で思ったのだった。野良猫といっても、やはり人に寄りそって生きる範疇においてのことであり、何らかのかたちで人との縁をもって生きているにはちがいない。直次郎の生き方は、わが家の庭にやって来る猫たちにくらべれば、より過酷であるはずだ。それでも、餌を与える人が何人かいて、それらの人々との縁に寄りそって生きている。だが、直次郎は外猫というより野良猫の色が濃く、私の育ち方にかさね合わせることはできそうにない。

一方、ケンさんをはじめとするわが家への来訪者は、近辺の何軒かにおいて、その家でつけた名前を呼ばれては返事をし、それぞれの家でけっこうな待遇を受けているはずだ。その家々の人たちは、キャットフードに加えて、夕餉《ゆうげ》のおかずの残りなどを与えているケースもあるだろうから、それらを行き来する外猫はかなりのグルメということになる。

和洋中華とその時どきの好みをわがままにあらわし、ある家でせっかく出した餌を少し食べただけでぷいと見捨て、きょうはフレンチがいいか……などとべつの家へと向かうケースも多いはずだ。
だが、何軒かの家で出す餌を、好みにそって食べあるいている外猫は、いったいどこを寝ぐらとしているのだろうか。

近所に、庭が鬱蒼とした純和風の家敷があり、門と玄関のあいだに中門がつくられていて、かつてその家から鼓の音がひびいていたのを記憶している。その家敷は、私が引っ越して来たころから、すでに古めかしい数奇屋づくりといった趣きを呈していた。

雰囲気から考えても縁の下の高さからも、そこは野良猫にとって安全と言ってよく、ケンさんが帰って行く寝ぐらはそこではなかろうかと私は想像している。風雨のはげしいときや病気になったときなどは、その寝ぐらに身をひそめてやりすごしているのではなかろうか。

ただ、その恰好の寝ぐらとも言える古い家だって、何らかの事情で失われることはあり得る。そんなとき、それまで悠然としていた野良猫の心にも、おだやかとは言えぬ風が吹くことになるだろう。

そうなれば、猫は、そこから先の寝ぐらを探さなければならない。餌をもらう家は既得権として持っているものの、問題は生きることの軸であるところの寝ぐらである。自分は根本的にどこを軸として存在すればよいのか……そこを模索しなければならぬところへ、とりあえず彼らも追いこまれるはずなのだ。

そして、自分が根本的にどこを軸として存在すればよいのか……私にとってその問題は、まず中学卒業の直前に突然、突きつけられたのだった。

学校から帰ってくると、祖母が火鉢の前に私を坐らせ、仏壇に灯明をともして鉦《かね》を鳴らし、いつになく深々としかも長々と頭を下げ、ゆっくりと私をふり返った。そして、灰ならしで火鉢の中の灰に何度も波形を描いては消すことをくり返したあげく、申し訳なさそうな顔をした。そして、実の母親はすでにこの世にいないとこれまで言ってきたが、本当は生存しているのだと、祖母は弱々しく言った。

ところが、祖母が、一世一代の芝居のセリフのつもりで吐いたその告白が、私の軀の芯には突き刺さらなかった。

私にはたぶん、清水の家と鎌倉の家の行き来が、永遠につづいてほしいという心根があったのだろう。だが、鎌倉の家は祖父の家とはいうものの、妻でない〝鎌倉のおばさん〟と住む場所なのだ。文士の表玄関の役目としては、〝鎌倉のおばさん〟が妻として君臨しているのであり、孫である私が同居する家ではない。
それならば清水の家が私の根拠かと言えば、そう簡単にもいくまい。
清水の家はある一定の期間、祖母が父と死に別れ母と生き別れている私を育てる、仮の根城のようなものなのだ。高校を卒業した私が東京の大学へすすんだあと、祖母がずっと清水の家でのひとり暮らしをつづけるというのは、その年齢からいってやはり非現実的だ。

放蕩、遊蕩の祖父によって決められたルールの家族ゲームは、このようにほころびだらけだった。つまり、私にとっては、清水の家も鎌倉の家も、消えざるを得ぬ未来をもつ、幻みたいな家だったのである。

このころの自分の気持の真実などというものは、性能のよい顕微鏡でのぞいても、とうていとらえきれぬというのが、いまの私にとっての実感だ。分解しても、分析しても、あとに何かが残ってしまうのだ。

けっきょく、私は四年間の大学生活を下宿ですごし、休暇のときは祖母のいる清水へ帰るようにしていた。鎌倉の家へは月に一度、下宿代を取りに行った。そして、大学三年のときに、祖父が七十二歳で死んだ。最後の場所となった病院における死の直前に、出来たての新刊がとどくなど、現役の文士としての死だった。

祖父の死のあと祖母は清水を引き上げ、父の弟であり私にとっては一番上の叔父の住む、京都の家に引き取られた。そして祖父の死の翌年、祖母は旅に出るように叔父の家を出奔し、故郷である遠州の縁者や、清水の念仏仲間などに会い、東京に住む二番目の叔父の家へ泊り、一番下の叔父や私に会ってすぐ、旅の途中で息を引き取るという感じで、この世を去った。

その瞬間、この世界における私のたったひとつの住所が、目黒区祐天寺の下宿であった家の名を冠した「何々方」となったのだった。

記憶の落ち穂ひろいをすれば、〝鎌倉のおばさん〟は、その後も鎌倉の家に悠々と住んで、十六年ほど前に他界した。

祖父の葬儀の場で、祖母の告白後にはじめて会った母はいまも存命中で、長女の家に同居していて、私は年に何度かそこへ行って母に会う。

遅ればせの母と子ゆえ、ふつうの親子が楽々とこなす場面で、上ずった気分になることがしばしばだ。その場に誰もいなくなって母と私の二人だけになると、柱時計の音が妙に大きく耳にひびいたり……ま、このあたりは私の晩年にこなすべき大きい課題となった。生まれたとたんに失ったネジを探して、少しずつ軀におさめてゆくしかあるまい。

思いもかけず長々とした身の上話になってしまったが、大学生活中に世界でひとつの住所が「何々方」になった私が、どうやら家というものの中で暮らす生活をすることができている。そして自分を外猫になぞらえる病気とても、時おりあらわれる癖くらいに薄まっているというわけなのである。

第六章　レオンのモンロー・ウォーク

アブサンが死んだあと、庭にやって来るようになった外猫の中にレオンがいる。レオンといってもライオン的模様ではなく、ケンさんとは微妙にちがう白黒模様の猫だ。

引戸を開けてキャットフードを与えている途中で、レオンが身軽に敷居をまたぎ、部屋に入って来たときはいささか狼狽した。何しろ、わが家の外猫で、敷居をまたいだ猫ははじめてだったのだ。

レオンは野良猫でなく、首輪がついていた。あまりにも渋い色なので、最初は気づかなかったのだった。屈託なく家へ入って来るから、どこかの家猫だとも決めつけられない。飼い猫はその家の人にはなついても、よその人間に対しては警戒心をあらわすことがけっこう多いからだ。長居をする客人の膝の上に乗ったりもするが、よその家へ上がりこむことはない。これは、犬とはまた流儀のちがう、飼い主に対する忠義というか礼儀というか……ま、いずれにしても猫は、気が小さく用心深い動物のはずなのだ。

ところが、レオンははじめから余裕をもっていた。第一、奇妙なことにあのケンカ好きの一匹狼たるケンさんと出会っても、何となく場面の折合いをつけてしまう。ケンさんからすれば、こんな陽気なヤツを傷つけたところで、極道のほまれにも何もなりゃあしないということか。地回りのヤクザが、人の良い似顔絵描きを脅すこともなく、自分からは意味の解せぬ世界に生きる相手を、何となく尊重しているといった風情なのだ。

だがケンさんはそんな仏心を一ミリでも持ち合わせる自分を確認しているだけで、両者がべつだん仲良しになるわけではない。ケンさんとレオンは、そんな間柄のように見えた。

レオンは、隣家の向こうにある広い空地をもつK家の家猫だった。K家の老齢のご主人は八年ほど前に亡くなられたが、私たちが今の家に引っ越して来たころから、ずっと親しくしてもらっていた。かつて外国と行き来する船の船長をしていたという経歴の持主で、引退してからは船舶会社の顧問をしていたようだった。ご主人は、空地に花やら果物やら野菜を植え、わが家はその収穫のおすそ分けにあずかっていた。わが家の古い建物を建て直すさいなども、建前《たてまえ》の立会人のない私たちの様子を察し、御神酒《おみき》をたずさえて来て、後見人の役を演じてくれたりもした。

「サイクンは元気かね、ほう、そりゃ何よりだ」

ご主人は、カミさんの留守に畑でとれた野菜をとどけに来てくれると、かならずそう言っていた。サイクンというのは、細君と書くのが本当で妻君は当て字だというることだが、その言葉の意味するところも、「他人に対して自分の妻をいう語」から「他人の妻をいう語」に転じたという歴史をはらんでいるようだ。いずれにしても、ある世代の日本人にまことに似合うセリフでありながら、今は死語に近くなっていて、私などの世代ではほとんど口にしないし、第一似合わない。

そのご主人は外出の折はシャッポをかぶり、紺のブレザーにグレーのフラノのズボン、それにスリッポンの靴という出立《いでたち》が多く、その姿にはやはり元船長さんらしい粋なオシャレ感がただよっていた。

レオンは、そのご主人の存命中にもいたのだが、そのころからわが家にやって来ていたのかどうか。カミさんはご主人に親しく口をきいていただき、ご主人の没後もK家の家族の方々とも交流をさせていただいているのだが、ご主人の没後に何かの用事でたずねたとき、わが家の庭にもやって来ている猫の話が出て、その名がレオンだと知った。カミさんも私も、庭にやって来るその猫の名前を、まだ思いついていなかったから、レオンはわが家でもレオンと呼ばれるようになった。

以前浦安に住んでいたK家のお嬢さんが、ある年の秋深いころ、あまりにも大きい動物の悲鳴におどろいて近くの公園に行ってみると、子供たちが水道の水で猫を洗っていたという。子供たちは汚れた野良猫を洗ってきれいにしてやろうとしていたと言ったらしいが、猫は寒い季節に水を浴びせられ、大声で鳴きわめいていた。あまりのことに彼女は子供を叱ってその猫を家へ持って帰った。

そして雌猫とは分かったが、大好きだった人気マンガに登場するレオンの名をつけた。雄雌よりも、いちばん気持の入りやすいネーミングを選んだのだろう。そのあと、彼女は吉祥寺の私の家に近いK家に祖父母たちと一緒に住むようになった。それが、わが家の庭にやって来る前の、レオンの前史というようなものだった。

レオンは、キャットフードも部屋の床に置いたのを食べ、その最中も背後を警戒するそぶりがなかった。何と言うのか、しあわせを与えられて育った、人の生活する空気に馴染んでいる猫という感じなのだ。

このレオンが、あるとき居間から玄関へ行く途中を仕切る引戸を気にした。引戸にも透明のガラスが入れてあるから、レオンの目にはその向こうにある光景が、ぼんやりと見えるはずだ。やがてレオンは、やって来るたび引戸の向こう側に何があるのかと、強い興味を示しはじめた。

レオンは、なぜかカミさんが抱こうとすると軀を突っ張ってこばむのだが、私にはすんなりと抱かれた。その理由はいまだに判然としていないが、もしかしたら雌猫だからだろうと、勝手に思うことにした。私は、アブサンの死後、猫を抱く感覚を久しく失っていたことに、不意に気づかされたように感じたりもしたものだった。

そんなこともあって、私はレオンを引戸の外の玄関へ、さらに廊下から応接間へ、そして階段を上がって二階の書斎まで案内してみることにした。レオンは、はじめて見る空間を次々と探検するように、私の腕に抱かれながら興味津々に、首を左右にのばしてあたりをながめはじめた。

二階の書斎の床へおろしてみると、レオンはかるく身ぶるいをして、床にうずくまった。何とも、居心地のよさそうな様子だった。

私の机のスタンドの下あたりには、藁で編んだ円座が置いてある。それは、仕事中にアブサンがそばに居やすいための小道具として、旅の途中で買って宅配便で送った民芸品だった。その上に置かれたとき、最初アブサンは居心地のわるそうな顔をしていた。だが、スタンドの照明のあたたかさに気をゆるしたか、やがて藁の円座の上でくるりくるりと軀を二、三転したあと、腕にアゴをのせ、しっぽをぐるりと巻きつけるようなかたちで、すやすやと眠ってしまった。しめた……とそれを見て私はほくそえんだものだった。

そうやって、アブサンは私が長い原稿を書くときなどは、その藁の円座を居場所にして、安心して眠るようになった。たまに寝返りを打つと、しっぽが原稿にかかって字が書けなくなる。私がしっぽを左手でつまみ上げ、そっと原稿を書きつづけていると、アブサンはやがてまた寝返りを打って、左手をしっぽから放すことになる。まるで餅つきみたいだ……自分とアブサンの呵吽《あうん》の呼吸が、そんな光景を思い浮かべさせたものだった。

しかし、それにしても猫は何度も寝返りを打つ……と、そんな習慣の中でつくづく思った。寝返りを打つということは、凝り固まった軀をほぐす自然の智恵だともいう。もちろん、人間も意外に多く寝返りを打ちつつ眠っているはずだが、寝返りなる言葉には〝敵側に〟という冠詞がついて、味方を裏切るというイメージがからんでいる。

ただ、裏切りの場合はもちろん眠っている自然体の中の行為ではなく、きわめて強い意志がはたらいた上での行為だ。アブサンの睡眠中の寝返りの姿に、たとえ原稿書きを邪魔するとはいえ、裏切りなどという言葉が馴染まぬのは明白である。

また、寝返りという言葉には、煮つまった考えを打開するためのガス抜きといった感じもある。いったん寝返りを打ってみることで、煮つまった考えを溶かす智恵とでも言うのだろうか。アブサンの心地よさそうな寝返りの姿に、私はそんな思いを向けたりしていた。

眠りながらあくびをしていったん四肢を伸ばしきり、ぶるぶるっとふるわせたあと、ムニャムニャと寝言を言うように口をうごかし、かすかに薄目をあけてはまたくるりと軀を回転させて体勢をととのえ、眠りの世界へともぐりこんでゆく。そんなアブサンの様子をちらりと見る時間が、私にとって仕事中のちょいと一服、あるいは庭園の中のあずまやといった役を果してくれたものだった。

書斎の机の上にある藁の円座には、アブサンの残り香がかすかにただよっているにちがいない。そう思ってアブサン亡きあともそれをいまだに机の上に残してあるのだが、それは決して感傷にひたるためではない。そんなことをしていたら、せっかくアブサンが教えてくれた、寝返りの智恵を無にすることになってしまうではないか。

そんな思いをもてあそんでいると、しばらく床にうずくまり、あたりを見まわしていたレオンが、つつっと私に近づいて来て、いきなり机の上へ跳び上がった。そしてすんなりと藁の円座の上に身を置いたかと思うや、アブサンとまったく同じ手順でそこに軀を丸めてしまった。

私は、アブサン時代をちょっぴり呼び覚まされて、書きかけの原稿を書きはじめた。そして途中でレオンを気にしてみると、あきらかに何度か眠りにおち、少したって目を開け、あわてて体勢をととのえることをくり返していた。ただしそこで眠っている時間は、さすがにアブサンよりはるかに短く、うたた寝という程度ではあった。

アブサンがその藁の円座の上で眠っているのを見ながら原稿を書いているとき、自分が物書きを生業《なりわい》とする者にふさわしい空気につつまれているような、妙な快感があったことを、私は藁の円座に眠るレオンの姿にかさねて思ったものだった。

その意味で、ほんの限られた時間のあいだではあるものの、レオンにアブサンの代役をさせているような気分があった。つまり、アブサンの代役をつくってしまっているわけで、新しく猫を飼わないという決心をおかしているようなうしろめたい快感があった。カンニング……私の胸の内をそんなセリフが浮き沈みした。

だが、レオンはそういう私の意識のながれとかかわりなく、ごく自然に藁の円座の上でしばし眠っていく習慣を身につけていった。

この構図は、カミさんにはあまり見せない方がいい……私はそんなふうにも思った。カミさんと共有する居間でのことであればよいが、書斎はいわば私だけの空間なのだ。そこでレオンにアブサンの代役をさせていることなど、うっかりバレてはまずいという思いが、これまた隠微な快感をもってわくのだった。

レオンは、長い原稿を書いている途中でコーヒー・ブレイクのため居間へ行っているとき、偶然に庭へあらわれることもあった。他の猫があらわれる目的は餌のためだが、レオンの目的は書斎の机にある藁の円座なのだ。開けた引戸の隙間から居間へ足を踏み入れると、レオンは玄関の方を気にする。玄関を気にするということは、その先にある階段を上がって書斎にいたるコースが、すでに頭にすりこまれていることを意味していた。

最初は抱き上げて連れて行ったが、気持がはやるレオンは廊下の途中で私の腕からのがれ、見馴れた風景だとでもいうように、つん、つん、つん……と早足で歩き、当然のように二階へ駆け上がって行く。そのときのレオンの、階段の一段ずつを身軽に上がって行くうしろ姿というか腰つきが、妙に色っぽい。私はこれをやがてレオンのモンロー・ウォークとひそかに名づけたが、やっぱりレオンは女なんだと痛感させられた。

「レオンが来たんで原稿がはかどらなくてさ……」

書斎の藁の円座で眠ることにあきたらしいレオンを抱いて居間に行くと、カミさんがテレビに目を向けたままうなずく。引戸をあけて床に置くと、レオンは脱兎のごとく飛び出し、庭であくびと前肢と後肢を交互に突っ張る伸びをしたあと、すいとブロック塀に跳び上がり、K家の方へ向かって歩き出す。その腰つきもモンロー・ウォークなのだが、それをつい口走ろうとする気持を、私はちらとカミさんの様子をうかがいながらおさえる。

その少しあとに、べつの方向からぬっと姿をあらわしたケンさんがのそり、のそりと引戸に近づき、「早く気がつかねえか」とばかり網戸に爪を立てる。そんなときカミさんと私は、レオンがケンさんに会わずにうまく帰ったことに安堵するのだが、ケンさんとレオンのあいだにケンカの達引《たてひき》のないことにやがて気づくのだった。

第七章　シャランの受難

ある日、私は無線タクシーを呼び、頃合いを見はからって玄関を出た。その瞬間、すさまじい二匹の猫のうなり声が宙を切り裂くようにひびき合い、そのうなり声がはげしく鋭く回転しながら、目の前をよぎった。

私は、片方はもちろんケンさんだと思った。相手変われど主《ぬし》変わらず、この界隈のケンカはケンさんがしかけたにちがいないのだ。もう一匹は時どき庭へやって来ている仔猫だと直感した。ケンカというよりは、ケンさんが一方的に相手をおそい、追いかけ、追いつめていることは明白だった。仔猫は、大人のケンさんと比較すればもちろん軀も小さく、うすい茶色の縞をあしらった、顔の正面と胸のあたりの毛が白い姿かたちだった。いわばわが家の庭にデビューした新人であり、かなり器量よしの雌猫と見えた。

ただ、レオンのケースで、野良猫の雌雄の見分けがかなりむずかしいことを知ったカミさんと私は、この仔猫に名前をつけるのをしばらく待ってみようと思いながら、時おり庭にやって来るその仔猫に、キャットフードを与えたりしていた。

どちらにしてもこの二匹の力関係を考えれば、仔猫に勝ち目がないばかりか、致命的な大ケガを負わされる可能性だってある。

あるいは、ケンさんは雄猫の本能をもって仔猫におそいかかっているのかもしれぬ。野太いケンさんのうなり声と、かぼそい仔猫のうなり声からは、そんなことも想像できぬことはなかった。ともかく、ケンさんを制することが第一だ、と私は判断した。

仔猫が、玄関脇にある納屋の下へすばやくもぐりこんだのは賢明だった。そこへ追いつめたものの、納屋の底と地面のあいだにある隙間は、仔猫の軀はかろうじて入っても、ケンさんの軀が入りきれぬほどのせまさだったのだ。それでもケンさんは、うなり声で威嚇しながら、爪を立てた前肢を交互にその隙間へ突っこみ、はげしく引っ掻くようなうごきを見せている。

私は、「ケンさん！」と叱るような声を発した。ケンさんの表情に猫同士の問題に人間が口をはさんでどうするんだというたしなめ顔と、何か文句があるのかという無頼者の脅し顔が交錯した。それでも私は無線タクシーが来る前に、とにかく仔猫を助けねばと思った。カミさんは、居間でそのときかかってきた電話の応対をしていて、玄関外のさわぎには気づいていないようだった。

自分を叱りつづける私を、仔猫への威圧をつづけるケンさんは一瞬、怪訝そうに見返した。その目を見たとき、私はかすかなうしろめたさをおぼえた。庭にあらわれ、網戸を引っ搔いて爪跡を残すケンさんに対しても、私はふだん怒気をふくんだ表情を向けることはなかった。ケンさんの爪に気をつけながら、私はケンさんにキャットフードなどの餌を与えつづけている。

ケンさんの側でも、この家の主は自分のことを、性格ごと理解しているらしいと思いかけているにちがいなかった。ケンさんは、そう思うにふさわしい外猫歴を、わが家の庭でかさねているのだ。

自分を叱る私のけはいは、ケンさんにとってきわめて意外であり心外なことであったにちがいない。その不快感と不満、それに不安のかけらのようなものがからみ合ったケンさんの目と、私の目が合ってしまった。

実際あの場面で私は、よほどの威圧をケンさんにかけなければ、仔猫は救えないと思った。それに、すでに到着しそうな無線タクシーにも気がいっていたから、余裕のない荒々しさに出ていたことだろう。そんな私とケンさんの目が合ったのは、ほんの一秒くらいだったはずだ。

次の瞬間、ケンさんは私からも仔猫からも注意深く距離をとるようにあとずさり、おいおい冗談だよ、冗談……とでもいったような表情を私に残し、ニヤリと悪びれた笑みを浮かべたような感じで、のそりのそりと遠ざかって行った。

私は、納屋の下をのぞき込み、まるで闇討ちの盗賊を追っぱらった鬼平みたいな気分で、「もう大丈夫だぜぇ」なんぞと心の内で口走っていた。だが、まだ恐怖心と警戒心を解いていない仔猫は、さっきと同じようななり声を、しだいに先細らせたものの、納屋の下から出て来ようとはしなかった。

電話が終って姿をあらわしたカミさんの姿と、無線タクシーの到着を同時にたしかめ、私はそのまま仕事に出かけてしまった。

その仔猫は、やがて隣のT家の飼い猫となった。器量と性格がよく、おそらくいずれどこかの家猫になるだろうと思ってはいたが、隣のT家とは意外だった。それにしても、かわいいからと言って、誰もが家猫になることができるわけでもなく、相性のよい家と縁をもった猫は、幸運中の幸運というものである。

カミさんは隣家の夫人とも親しいつき合いをさせてもらっているので、塀ごしに話を交わす光景を、私も時どき居間からガラス越しにながめることがあった。カミさんとしては、庭に来ていた猫が、隣のT家の家猫になったことに、何となく安心感をいだいたようだった。

そして、あるときからカミさんが、その仔猫を「シャラン」と呼ぶようになった。T家夫人の呼び方を、カミさんなりになぞったらしかった。私は〽シャララーン！というひびきをロドリーゴの『アランフェス協奏曲』の出だしにかさね、カミさんがシャラランと呼ぶたびに、〽シャララーン！その曲をなぞるように発音して、カミさんを鼻白ませた。

シャラランは、隣家の猫となったあとしばらくはやって来なかったが、アブサンのように家の中だけですごす猫としてあつかわれるのではなかったので、やがて時どき姿をあらわすようになった。そして、そのわが家の庭にシャラランがあらわれたときの表情や行動が実に興味深かった。

　まず、久しぶりにシャラランに会ってみると、T家の猫としての品を身におびはじめていた。野良の時代とちがって、栄養の足りたものを食べさせてもらっているせいか、軀がいくぶんふっくらとしてもいた。ケンさんに納屋の下へ追いつめられていたあの仔猫とは、べつの猫かと思いたくなるくらいだった。

　もともとすっきりとしたかわいい顔立ちだったが、何しろきれいになって洗練された感じになっていた。環境の変化が、シャラランをそのように変貌させていることに、野良の仔猫時代を知るカミさんも私も、いささか感動をおぼえたものだった。T家の猫になってシャラランはしあわせだな、というのが素直な感想だった。

　ところが、そのシャラランの態度に、「なるほど」というか「解せぬ」というか、やや微妙な変化があった。つまり、かつて見知っていた相手への親しみやなつかしさを、素直に出さぬよそよそしさみたいなものが見受けられたのだ。ケンさんに納屋の下へ追いつめられたとき助けたよな……てなセリフをもてあそびたくなるほど、シャランの態度が素っ気なく映ったのだった。

　こんなことは、動物生態学などからはいとも簡単に割り出せる態度なのだろうが、私などはひたすら不満で寂しい気分を与えられた。そして、私の頭に浮かんだのが『妾馬《めかうま》』という落語だった。

『妾馬』は、大名物の落語の代表作のひとつで、笑いも多いがけっこう格調高い内容だ。

　裏長屋に住む孝行娘のおつるが、大名の赤井《あかい》御門守《ごもんのかみ》（落語に登場する大名は赤井御門守、家老は田中三太《さんだ》夫《ゆう》というのが通り相場で、この噺にはその三太夫も出てくる）に見染められ側室《そくしつ》となって男子を出生、その名も「おつるの方」となった。その「おつるの方」の兄である八五郎が殿さまに屋敷に招かれ御馳走になるが、言葉や作法の失敗をくり返し、それが面白いと殿さまに気に入られる。八五郎は、対面したおつるに母親の言葉を伝えて涙する……このあたりが人情噺の仕甲斐《しがい》のあるところで、『妾馬』は六代目三遊亭円生の十八番でもあった。

　私はむしろ、大名屋敷という場の意味や言葉の使い方を知らぬ八五郎の態度に、三太夫がハラハラするくだりが好きで、円生よりむしろ三笑亭可楽の演じ方に親しむタイプだが、そんなことはこのさいどうでもよい。殿さまに家臣に取り立てられ、石垣杢蔵源蟹成《いしがきもくぞうみなもとのかになり》という妙な武士名《ぶしな》までもらった八五郎が、ある日馬に乗って使者の役として出かけたものの、もとより馬術など知るよしもなく、馬をあやつることができない。呆気にとられた三太夫に「石垣氏《うじ》いずれへ？」と問われ、「どこへ行くか、馬に聞いてくれ」……これが下《さ》げとなっている。側室すなわち妾《めかけ》とこの場面をかさねて『妾馬』という題がついているが、下げまで演《や》らぬとその意味が伝わらないというので、『八五郎出世』という題で演ることも多い。

いや、ここでは八五郎が殿さまの屋敷へ行き、行儀作法物言いの身についた妹に空々しさをおぼえ、少し寂しくなって悪態をつくくだりに、自分の気分をかさねてシャラランへの思いを書きたかったのだ。つまり、シャラランがおつるで、私が八五郎というわけであります。

シャラランは、T家という環境の中ですっかり野良の垢をおとし、やんごとない猫に仕立てあがっていた。そして、久方ぶりに私たちの前に姿をあらわしたというのに、なるべく目を合わせぬようにしている素ぶりがまず気になった。きれいになった自分の姿を見せつけるかのように、風の行方を気にして見せたり、妙に神経質に毛づくろいをして見せたり、こっちの目を意識しているのはあきらかなのに、むかしの自分とは身分がちがうという態度を……などと私はうらみがましさもまじえながら、おつるの方、いやシャラランの姿をながめていたものだった。

カミさんは、私より少しは心を大きくして、シャラランの変貌ぶりを、ほほえましく思っているようだった。だが、私は、裏長屋の孝行娘がおつるの方となり、自分との距離が広がったというせこい気分を、しばらくはかみしめていた。

ところが、裏長屋のおつるからおつるの方へという変貌と、さして遠くないシャラランの変貌を、やがて私は知ることとなる。変貌……といってもカミさんと私の勝手な思いこみがくずれ、真実があらわれただけのことで、シャラランには何の責任もないのだが、シャラランが雄猫であることが判明したのだった。孝行娘もおつるの方も、ここですっ飛んでしまったというわけである。

かねてより、シャラランの名前の正確な呼び方を気にしていたカミさんが、ある日T家の夫人にたずねたところ、T家でつけた名前がサソラで、そのサソラが雄猫であることをおしえられた。なぜその名がつけられたかについては、もちろんいいかげんな「アランフェス」の〜シャラーン！　などとわけがちがう、T家の雰囲気にふさわしいいきさつがあった。

T家にはずっと以前、かれんという黒猫がいたという。かれんというからには雌猫だったのだろう。私も、一度や二度はそのかれんを目にしているはずで、わが家の庭へやって来る猫の中でめずらしい黒猫が目に残っているが、もしかしたらそれがかれんではなかったか。

かれんは十六年ほどで生涯を終えたというが、その寂しさをなぐさめられたという朔《さく》という名の白黒の雄猫が四年ほどいて、朔はある日どこかへ出かけたきり帰って来なかったという。

数年前、T家は建物を改築したが、完成して間もなく姿をあらわしたのがサソラだった。

サソラの名は、香道における白檀の呼称である佐曾羅《さそら》からイメージしたのだそうだ。五月ごろに庭先で出会ったときは、まだ大人になりきっていないころで、色はいまよりかなり淡い薄茶色をしていて、その色が香木の佐曾羅に似ていたという。

それはいかにも、茶道や香道にいそしみふだんも着物姿に親しむT家夫人にふさわしい着想と言えるだろう。

そして、夏のころまで玄関先のベンチ暮らしをしていたサソラは、八月末の雷の鳴りひびく夕方から家猫になり、重陽《ちょうよう》の節句に首輪をプレゼントされた。香木の名からサソラと名づけ、重陽の節句に首輪のプレゼント……それがサソラに与えられた新しい環境であり雰囲気だった。

「栴檀《せんだん》は双葉より芳し」の栴檀は白檀のことであり、サソラが幼いころから香気があったのは理解できることだった。その雰囲気が、私にシャラランすなわちサソラは雌猫であるという誤解を与える要素となったのかもしれない。いずれにしても、シャラランはれっきとした雄猫だったというわけだ。

そんな真実を知ってみると、カミさんや私に対して馴れなれしくしないところに、T家の家猫になった身としてのたしなみを感じさせられた。雌猫に見立てた上、シャラランなどという訳の分からぬ名前をつけ、落語『妾馬』のおつるの方をイメージしたりして、サソラに対してはまことにもって失礼なる仕儀でありました。

しかし、そうなればあの日ケンさんがシャラランいやサソラをおそったのは、縄張りに関してのしめしをつけるための行動だったのだろうか。縄張り争いについては、あんな仔猫を相手にしても、容赦しないというのがケンさんの流儀でもあるのだろうが、いずれにしてもシャラランいやサソラは、T家の家猫となってそのしあわせ感を満喫しているようである。

第八章　ケンさん籠猫《かごねこ》となる

居間から書斎へ向かう途中、応接間の引戸の外に何やら白っぽい色が見えたような気がして、私はいったん階段を上がりかけた足をとめ、応接間に面した庭にあるものの正体をたしかめるために、応接間へともどった。そして、その白いものの正体を見て、しばらく笑いをこらえてから、居間にいたカミさんに声をかけた。

怪訝そうにやって来たカミさんと私は、しばらく顔を見合わせて笑ってから、「しっ！」という感じで指を口に当て、その笑いをかみころした。笑っちゃわるい、というその白っぽい色の主への気づかいだった。

白っぽい色の主は、ケンさんだった。だが、引戸の外にケンさんがいるのを、ガラスごしに見たのであれば、そこに笑いがこみあげることもないし、その笑いをこらえる必要もない。それは、これまでの一匹狼というか極道というか、無頼一辺倒でこの界隈の猫たちを圧倒してきたケンさんとは思えない姿だったのだ。

引戸の外に、カミさんが使い勝手がわるくなって出しておいたのか、入れておいた鉢植えを庭にうつして器だけ残ったのか、小ぶりと言ってよいほどの籐で編まれた丸い花籠が置いてあった。捨てられたというのではなく、いずれ何かに使うつもりでそこに置かれた花籠という風情だった。

その籠の中で、何とケンさんがスヤスヤと眠っていたのだ。かなり深い眠りらしく、籠のかたちに合わせて軀を丸め、空に向けた感じの顔をかるく掌でおおっているのは、陽ざしをさけるためだろうか。まるでお公家さんの昼寝ではないか、と言いたくなる寝姿なのだ。

掌からはみ出した唇のピンクが、やけになまめかしい。その腹をあらわにした無防備な姿は、ケンさんが生まれ持った美形には、実によく似合っていた。だが、そんな姿を他人の目にさらすなどということは、ケンさんの美学に大いに反することではないか。見てはいけないものを見た、というのが本当のところだった。眠れる獅子を、薹《とう》の立った胡蝶がおそるおそる盗み見るといったあたりが、カミさんと私がケンさんの心地よく眠る姿に心をざわめかしている役どころだった。

ケンさんは、深い眠りに入っていて、間近に寄れば寝息さえ聞こえるのではないかとも思うくらいだったが、もちろん引戸を開けるなど言語道断以ての外で、カミさんにも私にもあり得べからざる行為だった。

よくもまあこんな小さな籠の中へ軀を押しこんだものだという思いもさることながら、籐の丸い花籠とケンさんの組合せがすばらしかった。似合わぬと言えばこんなに似合わぬ絵柄もないが、見てくれだけの姿としてはピッタリ合っている。つまり、美形の猫が花籠の中で軀を丸めているのであって、何の文句もないのだ。だけどアナタはケンさんでしょ……というのが私たちの突っこみどころで、日頃の所業と花籠の中の寝姿は、あまりにもかけはなれているのだ。

ケンさんは、やがて軀を突っ張るようにした。そりゃそうでしょう、大柄な猫とは言えぬものの、あんな小さな花籠の中で軀を丸めているのだからきゅうくつにちがいない。それでも、その小さな花籠の中で器用に反対側へ寝返りを打ったりして、そのたびに薄目を開けるのでたじろいだが、その目がガラスごしの私たちをとらえることはなかった。

ケンさんも疲れているんだろう……それもまたその寝姿にかさねる正直な思いだった。ともかくこの界隈を徘徊しているときは、つねに威圧感をただよわせ、他の猫たちを威嚇しつつ、餌を出してくれる家では当然のような態度で食べて帰る。生活自体が縄張りの中だから、油断なく気をくばって歩いているときがほとんどなのだ。たまには、こうやって何もかも忘れてぐっすり眠りたいことだろう。

そう思って見ているうちに、花籠の中というのはうごきは不自由ながら、外敵からの最初の攻撃を防ぐ砦のような感じでもあることに気づいた。私たちの目からはケンさんと花籠という突飛な組合せなのだが、そこは身を守るという意味でも恰好の砦であるのかもしれない。

ケンさんが夜に眠る場所というのは、本当の自分の棲み家であるにちがいない。そこはまさに秘密の棲み家であって、真に安心して眠ることのできる場所として選んでいるはずだ。

ただ、ケンカ屋のケンさんとてもたまには陽の光を浴びながらの、風流な昼寝をしてみたいこともあるにちがいない。そんな気分でケンさんが選んだのが、引戸の外にあった花籠の中ということなのだろう。そこは、引戸をうしろにしていることによって、背後から敵におそわれる心配のない場所でもあるのだ。剣客だね……時代劇映画『大菩薩峠』に登場する、御《お》徒町《かちまち》に道場を持つ剣客島田虎之助が、川を背にして数人の敵と対峙する場面が、私の目に浮かんだ。「剣は心なり、心正しからざれば、剣また正しからず」、島田虎之助を演じる往年の名悪役月形竜之介の声音までが、何十年ぶりによみがえった。

　ケンさんは剣客ではないが、そのような野性的防禦本能を身にもっているのかもしれない。そういう野性の本能を、剣客が逆に学びとっていたということもあり得るのではなかろうか。昼寝するケンさんと川を背にする島田虎之助が交錯する……これはいささか私好みの思いつきにすぎるだろうが、そういう意識のよこばいが、猫たちと接しているときの醍醐味のひとつであることはたしかなのだ。

だが……とまた私はケンさんの姿に目をもどして思った。

　ケンさんは、さっきからずっと熟睡している。自分の体験の中でも、疲労が極限にいたると睡魔におそわれることもある。とするとケンさんのこの何日かの行状はつぶさに把握できぬものの、一睡もせぬほどの修羅場の連続の果てに、疲労困憊して引戸を楯にするような場所に置いてある籐の花籠にたどりつき、仮眠をしているうちに軀から力が抜けてゆき、そのまま深い眠りに入ってしまったのかもしれない。

花籠の中ですやすや眠るケンさん……そういう絵心を刺激されかねぬシーンでもあるのだが、実のところはそれほど消耗したあげくの姿であった可能性が、無きにしもあらずというわけだ。

するとまた、ゴルゴ13が密林の奥で自ら腕にモルヒネを注射して、熱病が去るのをじっと待っている姿や、神社のお堂の中で深傷《ふかで》をいやす時をすごす子連れ狼、拝《おがみ》一刀《いっとう》の姿が目の内を錯綜しはじめた。

そのとき、ケンさんが寝返りを打とうとして、陽光をさえぎるように顔に当てていた掌をずらした。ケンさんは、眩しそうに薄目を開けて空を仰ぎ、二、三度まばたきをしてから、かっと目をみひらいた。その目の先にいたカミさんと私の姿に、偶然に気づいてしまったからだった。

ケンさんの眼は中近東あたりの建物にありそうな薄いブルー……これもまた荒っぽさと対極のイメージでそそられるものがある。そのブルーの眼の中の縦の一本線みたいになった瞳が、いきなり標的をとらえる丸いかたちにみひらかれた。

しかし、私たちとのあいだがガラスの入った引戸で仕切られていることに思いいたり、ケンさんはすぐに落ち着きをとりもどした。そして、わざと大袈裟なあくびをして、両前肢を籠のふちに当てて突っ張ると、身を起こそうともせずに目を閉じ、ふたたび眠りに入るかまえを見せた。やれやれ余計なもんが目に入っちゃったぜ……そんな表情で気を取り直している様子が、ケンさんから伝わってきた。

カミさんと私は、ケンさんの昼寝の邪魔をしてしまったことに、ようやく気づいた。あまりにもケンさんらしくないうららかな光景にうっとりして、私などはこのけしきを肴に昼酒でもやろうかと思ったくらいだったのだ。ようやくカミさんは居間へ、私は書斎へ向かおうとしたが、籠の中のケンさんが何やら身じろぎをしているので、ふたたびケンさんに目をもどした。

ケンさんは、私たちの姿をいったん目にしてしまったので、うまく眠れなくなったらしい。そんな感じが身じろぎから伝わってきた。やがてケンさんは、とんだ野暮天にせっかくの昼寝を台無しにされちゃったぜ……とばかりに私たちを一瞥し、ようやく身を起こすと緩慢なうごきで花籠から出た。そして、じろりとたしなめるような目をつくってから、口をもぐもぐさせた。せまい花籠の中にうずくまっていたせいで頬の毛が乱れ、人間で言えば寝ぐせが残ったままのような顔が、いつものすっきりとした美形の顔に、何とも言えぬ色気を与えていた。

ケンさんは、ちらりと花籠に目をやってから、のそりのそりと私たちを見捨てるようなうしろ姿で去って行った。

ケンさんが去ったあとの籐の花籠を見て、こんな小さいところへよくも軀を押しこんだものだとあらためて感心したが、アブサンもせまいところへ入るのが好きだったことを思い出した。カミさんが梅を干すときに使うための、さほど大きくもない竹で編んだ笊《ざる》を買ってきたが、そのひとつがいつしかアブサンの昼寝用になってしまった。そんなことを急に思い出しながら、私はそそくさと階段の上の書斎に行った。

原稿をひろげ、ペンを宙に浮かせた私は、しばらくのあいだアブサンについてのあれやこれやを思いめぐらしているうち、ケンさんのうしろ姿にやはり疲労が宿っていたような気がしはじめた。もともとそれほど大柄ではなかったとはいえ、あんな小さな花籠へ軀がすっぽりおさまるということは、以前より痩せている証拠かもしれない。ケンカ三昧のケンさんにとって、これからの生き方はむずかしかろう……そんなことを呟いているうち、私の頭にひとつのプランが浮かんだ。そのプランを実行したのは、ケンさんの昼寝を目撃してからひと月ぐらいたったある日のことだった。

よく来てもらっている無線タクシーの運転手であるTさんに頼みこみ、私は井の頭通りにあるペット用のさまざまな物を売っている店へと向かった。仕事での行き帰りに、その店の外側にならべてある犬小屋をチェックしてあったのだ。それを庭のすみに置いて、ケンさんの昼寝の場所にしようというのが私の魂胆だった。

店の前にならべた犬小屋のほか、店の中にも色とりどり、趣きもさまざまな犬小屋があった。あまりにもママゴトめいた趣味をさけて……などと物色するうち、やはり外にならべてあった犬小屋を選んでいた。

猫が入る小屋にしてはあまりにサイズが大きすぎるとも思ったが、以前ダンボールの上にガラス板を張りつけて、外猫の雨宿り用の小屋をつくったときの感触から、雨風をしのぐにはこれくらい大きい方がよかろうと判断したのだった。

Tさんに手伝ってもらってタクシーのトランクへ入れてみると、小屋の屋根の部分がはみ出していた。その犬小屋とともに帰って来た私に、カミさんはあきれ顔を向けた。

居間に面した庭の一角に犬小屋をすえてみると、意外にうまくそこにおさまった。雨が風にあおられたときの想像もしてみたが、どうやら大丈夫だろうと思った。その小屋の中に新聞紙を敷いてみると、何となくサマになってきた。建物に押しつけてあるから、背後からの敵へのそなえは万全だ。あとはケンさんがこの中へ入ればよい。

だが、そのころのわが家にはケンさんのほかに、シャラランすなわちサソラ、K家のレオン、新人のツバキが常連で、時たま縞に赤茶色の斑点があるようなヤツと、一見野良風だが首輪をつけた赤茶の虎猫があらわれていた。

庭の小屋に、最初に近づいたのはやはりレオンだった。ケンさんとの確執がないためか、庭の新しい風物に大いに好奇心を示し、小屋の匂いなどを嗅いで中をのぞいたりしていた。だが、買った店の残り香が気になるのか、中に入ることはしなかった。

シャラランもけっこう興味を抱いたらしく、小屋に軀を押しつけたり、屋根へ跳び上がったりはするのだが、やはり中に入ろうという気はないようだ。うっかり小屋に入ってしまったところへケンさんがあらわれでもすれば、逃げ道を失うことになる。T家のサソラとなってしあわせに生きるシャラランとはいえ、かつてケンさんに与えられた恐怖の記憶が、まったく失せたわけでもなかろう。

新人のツバキや他の二匹の猫も、やはり地回りで睨みをきかせるケンさんが気になるのか、小屋に近寄ることがなかった。

で、肝腎のケンさんだが、これがもっとも無頓着で、けっこう目立つ小屋を完全に無視しているという感じだった。私は、そのうち雨の日にでも入ってくれればいい……と、自分の目論みが完全に空回りだと判断するのをさしひかえる気分で、ゆっくりと時節を待つことにした。

ところが、庭にケンさんのための小屋を置いたあとも、応接間の引戸の外にある籐で編んだあのきゅうくつな花籠の中で、ぐっすりと眠ったりぐったりと疲れをいやしたりしているケンさんを、私は何度も見かけることになる。私の親切心をわざと無視しているのか、俺にはこっちの方が似合うという美学ゆえか、ケンさんの料簡は、やはり解読不能である。

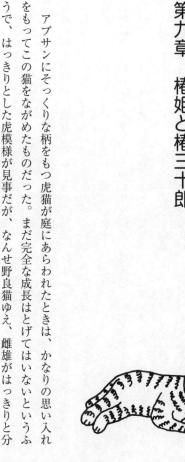

第九章　椿姫と椿三十郎

アブサンにそっくりな柄をもつ虎猫が庭にあらわれたときは、かなりの思い入れをもってこの猫をながめたものだった。まだ完全な成長はとげてはいないというふうで、はっきりとした虎模様が見事だが、なんせ野良猫ゆえ、雌雄がはっきりと分からない。

さてどういう名を……と思案しているうち、カミさんにツバキと名づけられてしまった。ツバキは椿の季節にあらわれたからだと言い、オペラの『椿姫』のイメージだとカミさんはのたまった。つまり、カミさんはツバキを雌猫と決めつけているらしいが、しかし『椿姫』の主人公はいかがなものであろうか。オペラ『椿姫』は、十九世紀に書かれた小デュマの小説や戯曲を題材というか下敷きにして、ヴェルディによって作られている。この〝La Traviata《ラ トラビアータ》〟には〝道を踏み外した女〟という意味があり、ヒロインであるビオレッタは椿の花を愛するというので〝椿姫〟と綽名される高級娼婦なのだ。

そのビオレッタが、青年弁護士アルフレードのひたむきな情熱にふれて、真実の愛に目覚める。だが、アルフレードの父の「本当にアルフレードを愛しているのなら彼の将来のために別れてくれ」との懇願に、ビオレッタは悲痛な思いで出世への犠牲となることを受け入れる……その果てには、真実を知ったアルフレードの腕に抱かれて彼女は死にいたるという悲劇の女主人公だ。

庭にあらわれたアブサンにそっくりな猫に、高級娼婦の名を冠することにこだわれば、それは浅薄な価値観ということになる。それに、アブサンの名だってけっきょくは雄猫だったのに、マルセーユの波止場あたりでアブサンを飲みつづけ声をつぶした酒場女というイメージでつけている私だ。したがってそのような身分の問題ではなく、犠牲の果ての悲劇的な死という結果をもつ者の名をつけることに首をかしげたのだった。

しかし、椿の季節にあらわれたからツバキという命名は、わが家の名づけ方の中ではむしろましなセンスと言えよう。そこで私は『椿姫』の〝姫〟を省いてツバキと片仮名をイメージしても、雌猫の名としておかしくないだろうと主張した。

さらに、椿といえば反射的に浮かぶのが黒澤明映画の『椿三十郎』だ。もしツバキが雄猫であったなら、ツバキの下に三十郎の隠し文字があるということにしようとも提案した。

カミさんは、椿の季節にやって来たことに重きをおいていて、椿が残れば〝姫〟が消えても大して気にならぬようだった。そしてツバキが雄であったとしても、私が隠し文字の三十郎を思い入れようがどうしようがかまわないというふうで、アブサンそっくりの虎猫の名は目出たくツバキに決まった。命名前におけるしばしの談合の結果、チョンチョンチョンと答えが弾き出されたというわけだった。

それにつけても、ツバキの軀の模様はアブサンによく似ている。

日本猫の毛色には、三色の毛色の三毛、白と黒の合体、白、黒、白斑《ぶち》のある赤虎、白斑のある黒、白斑のある雉《きじ》、白斑のない雉と赤虎、黒と赤虎のまじった二色の斑の二毛、同色濃淡の縞の赤虎、一本の毛が染め分けで黒い縞をもつ雉毛などがあるという。

この中で言えば、アブサンやツバキは「白斑のない雉」ということになる。レオンは「白斑のある黒の斑」、シャランすなわちサソラは「白斑のある赤虎」、善福寺公園の直次郎は白斑のない赤虎である。そしてケンさんは、「白と黒の合体」のように見えるのだが、その黒の部分が微妙な縞模様になっているのであり、こういう分類法で言っても、ケンさんはどこか規格から外れてくるのだ。

ツバキはアブサンに毛色が似ているのだが、アブサンの雉よりもツバキの雉の方が色が濃い感じがした。アブサンは雉色の薄い部分がどこか茶色っぽかったような気がする。それにくらべてツバキは、庭にいてキャットフードを食べたり、夜あらわれてこちらが気がつくまでじっと合図のような目をおくっている姿を見ることが多いためか、軀ぜんたいが黒っぽく見えた。ちょっとイリオモテヤマネコみたい……と最初に庭にあらわれたツバキを見て、カミさんが言っていたのもそういうイメージからのとらえ方だったかもしれない。

ただ、アブサンだって二度目の脱出事件のさい、日が暮れた夜の空地で見つけたときは、イリオモテヤマネコに見えなくもなかった。

　アブサンはがたいが大きく骨格がしっかりしていたが、ある日ふとながめた庭の木に目をやると、どこから脱出したのかわが家のアブサンが、その中ほどでおそろしいほどの権勢をほこっていた袖萩を追いつめている姿を発見した。アブサンは悪意も敵意もなくただ近づいているのだが、外に出ると想像以上に軀が大きく、そのがたいに圧倒されたあの袖萩が弱々しく見えたものだった。

　あわてて庭へ飛び出しアブサンを確保すると、私の腕の中でゴロゴロ言いはじめた。アブサンとしてはめずらしい友だちと遊んでいるくらいのつもりだったのだろうが、木の途中まであの袖萩を追いつめているように見えた姿は、まさにイリオモテヤマネコだったのだ。

　アブサン亡きあと、同じ模様の猫が庭にあらわれたのは、ツバキがはじめてのことだった。同じようなイメージはあるが、天然記念物たるイリオモテヤマネコの縞は縦縞だというし、アブサンやツバキは日本猫特有と言われる横縞だ。

　ツバキは、成長するとともに野性味をおびてきた。用心深いその身のこなしや表情が、アブサンとはまったくちがう野良猫としての成長のあかしであり、ただかわいいというだけでなく、機嫌のよしあしでイメージが千変万化するたくましさや躍動感を身につけてきている。

ツバキは、ケンさんをはじめとする他の猫との時間を微妙にずらし、あたりをはばかりながら庭のすみにあらわれる。登場のきっかけに、夕方などは入相《いりあい》の鐘《かね》の効果音でもボーンと鳴らしたいくらいだ。そんなときは、ツバキの横縞が粋な着物の縦縞に見えたりして、こっちはこっちで勝手気ままにその姿を千変万化させるというわけだ。

引戸の外側にある網戸には、乱暴者のケンさんの爪で引き裂かれた傷がふえはじめていた。ツバキは、手入れのわるい網戸だ……と言わんばかりに傷へ目を向け、やがて網戸を通して部屋を透かし見ている。カミさんと私のいる位置をたしかめておこうというのだろう。

次に、ツバキの目はカミさんのうごきを追いはじめる。自分に餌を与えるのがカミさんの役目であることを、ツバキはとっくに知っているのだ。しばらくしてカミさんがツバキの姿に気づき、引戸を開けその外側の網戸を開けて、きょうは何を出そうかとしばし思案する。

その間、ツバキは行儀よく前肢をそろえ、かるいまばたきなどをしながら、口をモグモグさせる。けっきょく適当なものがなく、キャットフードを出したりすると、ちょいと白けた反応をあらわし、もっと変わった趣向はないのかと部屋の奥を見やるあたり、もはや常連の外猫のふるまいだ。

仕方なく、冷蔵庫から干物の残りを取り出して、カミさんは引戸の内側へ置いてみる。すると、ツバキはとまどったような表情を浮かべたあと、後肢をしっかりと固定させた上で、前肢の片方の爪先を敷居にかけた。そこに何となく、茶室のにじり口から席入りするときの御茶人の姿がかさなったのが滑稽だった。あいた方の手をすいとのばしたかと思うと、部屋の中に置かれた干物の端をその爪先で引っかけ、あっという間に庭へ取りこむ。

まだ気をゆるしてないな……アブサンとかさねているツバキが、なかなか力《りき》みを抜いて馴染みを見せぬのを、少し寂しくは思ったが、かくあらねば野良猫が生きていけぬのもたしかなのだ。当分は、〝椿姫〟ならぬ椿三十郎的な野性を駆使しているしかあるまい。私は、ツバキの私たちに対する距離感を、むしろたのもしく思ったりもした。

そのツバキから、イリオモテヤマネコ的な雰囲気が、徐々に影をひそめていった。野性として目出たいことかどうか分からぬが、まず庭に登場するときのムードに、芝居じみた緊張がなくなってきたのだ。

もっとも顕著な変化は、一度も声を聞いたことのなかったツバキが、餌をねだるような鳴き声を発するようになったことだった。だが、餌を食べ終ったあとに、私たちに何かを伝えるように鳴くことはない。餌を催促はするが礼は言わない……そんな感じだった。

ツバキの鳴き声は、ちょっと甘えの入ったようなやや高めの声音で、尾をひく鳴き声が特徴だ。早く、早くとカミさんの出す餌をせかしている感じで鳴く。その鳴き声に油断してカミさんが餌を食べている首のうしろを手で触ると、ツバキはフーッと息を吐くあの猫特有の威嚇をあらわしたあと、不機嫌そうに鳴き声とうなり声のまじったような声で鳴いた。口角を上げ、般若のごとき形相になっていた。よしよし、野良の魂を忘れるなよ……手を引っこめてたじろいでいるカミさんを盗み見ながら、私はひそかにそんな呟きを呑みこんだ。

そのとき、ツバキが何かを感じたらしく、背後へ二、三度首をふり向けたあと、しのび足で塀に近づくと、ひょいと身軽に跳び上がり、そこでまた周囲に気をくばったあと、足早に去って行った。

　それと入れかわるように、ケンさんが反対側から塀の上に登場した。これもまた入相の鐘の効果音が必要な登場ぶりだ。やはり、ツバキはケンさんが近づくけはいを察知したのだろう。ケンさんは、近ごろ癖となっている、左手の拳をぶるっとふるわせ宙を引っ掻くような仕種をしたあと、のっそりと庭へ舞いおり、カミさんが出したキャットフードを、当然のような顔で食べていた。

　ケンさんの目に、目ヤニがたまり、それが左目の下に垂れてかたまったようになっていた。風邪でも引いたのかもしれなかったが、美形の顔をそのように目ヤニでよごしていると、ケンさんの表情から逆に凄みのようなものが伝わってくるのはさすがだった。

「ケンさん、少し痩せたみたいね……」

カミさんの言葉通り、ケンさんの両脇腹のあたりが少しへこんだようになっていて、このところ餌もろくに食べていないかと思わせる姿だった。ま、極道にはそういう時間もあるのだろう……私はその様子をそんなふうに受けとめた。ケンさんは決してがたいが大きい猫ではなく、痩せてみるとかなり華奢に見えてきた。

だが、餌を食べながらもあたりに気をくばり、時おり顔を上げてカミさんと私を交互に見るときにあらわす酷薄な目の表情に何とも味があるのだ。やはりケンさんは千両役者だ……と感服せざるを得ないのである。

第十章　嫉妬あそび

真冬の善福寺公園の池の端は、晴れた日はよいのだが、くもった日などはにわかに寒そうな風景になる。池から上がったカモやアヒルたちが、自分の羽の中に嘴ごと突っ込むように顔をうずめて休んでいる。列をつくったような彼らが、自分の軀の向きの真反対へ顔をねじり向けている姿には風情がある。

三度笠に道中合羽の前をかき合わせた次郎長一家のように、清水みなと育ちの私の目には映った。それはカモやアヒルの中のＤＮＡがつくらせるポーズであり、寒さをしのぐ自然体というものなのだろう。

そんな風景の少しうしろのベンチの上に、赤茶色が見えた。直次郎の縞模様だった。いつも餌を与えていた先輩の姿はなく、直次郎はベンチの上に寝そべっていた。私は、ポケットの中に用意したティッシュを取り出し、その中にくるんだキャットフードを直次郎の鼻先へまいた。そのとき、直次郎が私に向かって押しころしたような声で鳴いた。私もまた「直次郎……」と声を押しころして呟いた。

直次郎が、私を認識しているかどうかは疑問だ。たしかに、たまにキャットフードをくれるヤツか……くらいは感じていたようで、手を突っこんだポケットから、キャットフードを取り出す私の手を、あきらかに予測して目で追っているようなふしが、直次郎の様子から見てとれたのだった。

だが、この善福寺公園の池の端を散歩や散策のコースとしている人はかなり多く、その中で直次郎に餌を与える人だって、先輩をはじめけっこういることだろう。そのように、自分に餌を与えてくれる相手のひとりとして、大雑把に私を認識しているというのが正味のところだろう。歌舞伎の登場人物の名をつける私と、勝手に名前をつけられただけの直次郎のあいだには、かなりの温度差があるにちがいないのである。

そして、餌をくれるそれぞれの人が呼ぶそれぞれの名前に対して、直次郎は押しころしたような声で答えているはずなのだ。そう思いながら直次郎を見ると、心なしか精気が失せているように思った。

年齢《とし》のせいか……そう思ってながめると、毛艶もおとろえているように感じられた。炎のように見える縞模様の若い大柄な雄猫……そう思いこんでいたが、ここで出会ったときすでに成猫であったかもしれないのだ。あれからどれほどの時がすぎたかは定かにはつかみきれぬが、直次郎が中年から初老にいたっている可能性もある。それに、善福寺の冬の寒さも野良猫にとってはきびしかろう。

池の端のベンチが陽かげになると、直次郎は公園と空地を仕切る金網の向こうへ、さらに奥へというふうに陽の光を求めて移動しているようだ。

金網の向こう側にうずくまっている直次郎に、金網の隙間からキャットフードを投げ入れたことが何度かあった。そんなとき、迷惑そうな表情を浮かべながらも、のっそりと立ち上がって雑草の中にかくれたキャットフードをさがし、ポリポリと音をたてて食べる。そして、押しころしたような声で鳴いてみせることを忘れない直次郎を、律義だと思ったりもする。

ベンチの下にも金網の向こうの空地にも、直次郎の姿が見つからないことがある。雪が降った次の日、雨の次の日などにそういうケースが多い。そのような気候のせいかもしれず、あるいはケガや病気ということも考えられた。

それでも、何日かあとにベンチの上にいる姿を見て安心したりするのだが、着実に加えられてゆく年齢のダメージが、直次郎をつつみこんできているのはたしかなことだろう。

そう言えば、K家のレオンの年齢だって気になるところとなってきた。

レオンはある時期から、引戸を開ければ迷わずすいと中に入り、床の上のキャットフードを少し食べると、早く書斎へ案内しろという暗号をおくるようになった。居間と廊下の仕切戸を開ければ、そこを出て玄関から廊下を突っ切り、いちおう応接間もチェックするふうを見せるが、すぐにモンロー・ウォークで階段を駆け上がって二階の書斎へ行き、すいと机の上の藁の円座に跳び上がるや、そこで軀を二周ばかりさせて丸くなる。それからスヤスヤと眠りに入るまで、さしたる時間がかからない。

そんな調子でおよそ一時間半くらいの時をすごすと、そろそろ下へ連れて行け……という雰囲気をただよわせる。私は、御守役のごとくレオンを抱き上げ、逆のコースで居間へ行き、引戸から丁重に庭へ送り出す。するとレオンは、うしろをふり向きもせずK家の方角へ、モンロー・ウォークで去って行く。その心を残さぬありようというか、余韻の消し方にいまや年季が入ってきたという印象が、近ごろのレオンからは感じられるようになった。

体重が軽く感じられ、アゴのあたりがふくらんで見えるようになってきたのも、このところの変化だ。口もとがゆるんできたのだろうか。階段を上がるさいのモンロー・ウォークはあいかわらずだが、何しろK家の元船長さんのご主人が亡くなってから九年近くがたっているのだ。老齢は言いすぎかもしれぬが、働きざかりとも言いがたい。

ぎすぎすした性格でないレオンが、荒々しい場面に出くわす危険はあまりなさそうだ。めずらしくケンさんと折合いがついているらしいのが、何よりも安心だ。

だが、大ケガの心配は無用といっても、着実に加わってゆく年齢は、体力の衰えをも着実に加えてゆく。それだけは、野良猫であれ家猫であれ、平等におとずれることなのだ。

レオンは、大柄ではないがかつてはちんまりと太った感じがあった。その手応えは、抱いてみたときの意外な重さゆえでもあったのだが、最近は抱かれ方が上手になり、軀に力を入れずにいるせいもあるのかもしれない。

抱かれ方と言えば、レオンは抱かれるのが好きでない猫だと、K家のお嬢さんから聞いていた。たしかに、カミさんが抱こうとすると、レオンは軀をよじり肢を突っ張って拒むケースが多い。だが、私には最初からあまり抵抗をせず、すんなりと抱かれていた。これが、カミさんに対するひそかなる優越感となっていたのもたしかだった。

だが、そんな隠微な独占欲のもてあそびにひたりながら、ある時期から私はレオンにいささかの疑惑を抱きはじめていた。それは、抱いたときに感じる、レオンの軀から放たれる化粧水か整髪料か、あるいはオーデコロンかの香りのせいなのだ。

その香りが、K家の誰かによってレオンのためにつけられたとは思いにくい。何となく、男性用化粧水という感じなのだ。レオンを抱く誰かの香りが、その軀にただよっているはずだ……。と推理をすすめるうち、私はある日の記憶をたぐり寄せた。

私は昼すぎに家を出て、家の前の道を五日市街道に向かって歩いていた。すると前方に、道をよこぎろうとしている猫の姿が見えた。ふだんとちがう背景や場面の中でも、すぐにレオンと分かった。私は、意外なところで出会ったレオンの姿に気の弾みをおぼえた。おや、妙なところで会ったね、どちらまで……と挨拶でもする気分が生じたものだった。

ところが、前方から私の方へちらりと視線をおくったレオンは、さしたる表情もつくらずに、車の通りを十分に警戒したあげく、K家とは反対の側へすんなりと道をわたってしまったのだ。つくりかけた笑顔をスカされた私は、道の真ん中で茫然と立ちつくした。知らない仲じゃないんだから、挨拶ぐらい返してもいいんじゃないの……というのが私の心情だった。

ただ、これは猫の習性としておどろくことでもなく、テリトリーあるいは縄張りとかかわる法則にのっとったきわめて猫らしい行動であるらしいと、のちに本で知った。私たちとレオンの関係は、レオンの縄張りのひとつであるわが家を舞台として成り立っているのであり、それ以上でも以下でもない間柄というわけだ。それは私にとってとりたてて深刻なショックでもなく、おいおいレオン、そりゃつれなかろう……とセリフもどきで悪態をついただけのことだった。

ただ、その日の記憶とレオンからただよう香りの関係である。レオンがK家側から道をよこぎった反対側に、ご老人がひとり暮らしをしているマンションがある、とカミさんから聞いたことがあった。レオンが、そのご老人の部屋へも通い、わが家と同じようにいっときをすごしているらしいという情報を、カミさんはその話にそえていた。

わが家は子供のいない夫婦の二人暮らし、ご老人はひとり暮らし……この両者の共通点を想像してゆくと、空気がざわめいていない環境という特徴が割り出されてくる。つまりは家族の多い家庭にただよう生活らしい活気が稀薄なわけで、これは猫という警戒心が強く気の小さい動物からは、居心地のよい空間と言えるのではなかろうか。

そう考えれば、レオンがそのご老人の部屋を、わが家と同様に行動の範囲内のあずまや的空間として選ぶのは納得できる。で、レオンの軀からかもし出される香りの主は、そのご老人の整髪料ではなかろうかというのが、私なりの謎解きなのである。

レオンが私の書斎の藁の円座の上で、一時間半ほど眠って帰ることを思えば、あるときはご老人がテレビを見ている膝の上でいっときをすごす可能性もあり得るだろう。

ただその謎解きに〝疑惑〟などという言葉をからめる私の気持の底には、嫉妬のような感情があったのではなかろうか。何しろ、レオンは雌すなわち女性である。その女性たるレオンにべつな男性の残り香がただよっている……それに嫉妬するなど意味のない迷路にはちがいない。もちろん、この想像がすべて空回りしたあげく、香りの主はK家の家族の誰かだったりすることがなきにしもあらずだ。

しかも、レオンはわが家の家猫ではないのだから、どのような行動をしようと私にチェックされる筋合ではない。まして嫉妬などと言われれば、レオンにとっては迷惑千万なはなしだ。さらに、レオンがご老人の部屋ですごす習慣をもつということは、その空間でいっときの心の平安を味わうことができるからではないか。レオンの行動に異をとなえることは、その意味でも無用のことなのだ。

また、よく考えてみれば、レオンがご老人の部屋へ行っているというのは、単にカミさんから聞いた噂の域を出ないのであり、それが事実か否かはレオンにたずねてみるしかすべがない。そのような曖昧模糊とした迷路の中に迷いこんだあげく、疑惑や嫉妬などという穏やかならぬ言葉のホコ先にしてしまったご老人に対しては、失礼きわまりない嫉妬あそびというものだ。

心にそんな屈託をいだきながら原稿を書いているせいか、レオンがしばらく庭にやって来なくなっている。平安な時をすごそうとするレオンにとって、私自体が平安でなくなってしまったという、まことにお粗末なありさまだ。それにしても、香りというものはやはり、人の想像をいたくかきたてるものであるらしい。

第十一章　ケンさん犬小屋へ入る

　久しぶりに、ケンさんがやって来た。直前に裏の方でうなり声が飛び交い、ダダダダッと走り去る音がした。ケンカする二匹の猫が、火の車となって回転しつつ疾走してゆく……そんなけしきを思い描かされるようなすさまじい音が通りすぎる。いつもの通り、ケンさんらしいケンカの音だ。

　犠牲者はツバキか……そんな思いがすぐに浮かんだ。レオンはケンさんとは相性がよく、シャランは注意深い時間帯選びをしてケンさんと遭遇しないようにしている。赤縞の飼い猫と、赤の斑が入った雉の野良猫もケンカの餌食にされる可能性があるが、やはりわが家の外猫という思いの強いツバキが気にかかった。

ケンカの疾風音が去り、しばらくしてケンさんは庭にその姿をあらわした。もちろん、ケンさんに誰とケンカしたのかとたしかめるわけにはいかない。だが相手変われど主変わらず、ケンカの一方はケンさんにちがいないというタイミングでの登場だった。以前、風邪や痩せぶりを心配したものだったが、その日の顔はきれいだった。しかし、軀はやはり痩せていた。耳のつけ根あたりにかるく血がにじんでいて、やはりケンカの跡を思わせた。

猫は、ケンカのデビュー戦のころは相手に追いまくられることが多く、だいたいにおいて背中に傷を負うことになるようだ。ケンさんが耳のつけ根に傷を負ったのは、相手を追いつめたさいの軽傷といった趣きだった。破れやすい瞼の上の傷口に絆創膏を張ったボクシングのチャンピオンの恰好よさが一瞬、私の目に浮かんだ。耳のつけ根に目を向けると、「なあに、かすり傷だよ、かすり傷」と言って、着物の袖をパッパと払う感じの表情で、じっと私を見返していた。

ケンさんは、庭に出したキャットフードを食べたあと、レンガの上に軀を斜めにする感じでよこたわった。うららかな春の陽光を浴びて、ケンさんの軀の白い毛の部分がかがやいて見えた。

　やがて、ケンさんはそのままかるい眠りに入った。おそらく、真の眠りではないだろう。他の猫がやって来れば、すぐに臨戦態勢をとる反射神経を残しながら、ケンさんがうららかな陽の中で眠っている。貴重な時間だ……私は少し感動してそれをながめた。

　ケンさんは軀をよこたえて眠ったまま、例の左拳を宙でぶるっとふるわせる仕種をした。その自分の動作で目を覚ました拍子に、ガラス戸ごしに目を向けている私に気づいて見返した。見てんじゃねえよ……といった雰囲気で、私をとがめるような目だった。

　そのまま軀を立て直したが、ケンさんのそのうごきがかすかに大儀そうだったのが気になった。

　ケンさんは、私から目をはずして両前肢を突っ張り、大きくあくびをした。濡れたような唇のピンク色が、陽光の中であざやかに光った。そろそろ引き上げるのか……そう思ってながめている私の目の向こうで、ケンさんは私の予想外の行動をとった。

用心深く軀の向きを変え、いつも去って行く方向へ歩き出すと思いきや、はじめて気づいたような感じで、庭に置いた犬小屋に目をそそいだ。そして、一歩ずつ小屋に近づくと、入口あたりの匂いをしきりに嗅いだあと、しばらく小屋の中へ首を突っこむようにしていた。次に、私は目をみはった。

長いこと中の匂いを嗅いでいたケンさんが、ついに小屋の中へゆっくりと身を入れたのだった。私は、あわてて押しころした声でカミさんを呼び、この瞬間を見ろという感じで、小屋に入ったケンさんを指さした。カミさんも、息を呑んでケンさんの様子をうかがった。

ケンさんは、小屋の奥へ顔を向けていたが、やがてアブサンやレオンが藁の円座の上でやるのと同じように、軀を二度くらい回転させ、顔を外に向けたかたちで前肢をたたんだ。

それを見るカミさんと私の目は、関ヶ原の合戦で戦った武将があぐらをかいて休息している様子を、物かげからじっとながめる農民のようにかがやいていたにちがいない。頭の中に描いた通りの絵が、長いことかかったあげく、一瞬にして描き上がったのだった。何しろこのけっこう大きい犬小屋は、野良猫のケンさんが雨風をしのぐために買ってきたものなのだ。それなのにケンさんは、これまで何年にもわたって見向きもしなかった。ところが、小屋を置いた当の本人である私が忘れるほどの時がながれたあと、思いついたようにそこへ入った。いや、入ってくれたという方が実感に近いだろう。

籐の花籠の中に軀を押しこんで丸まって眠る籠猫のケンさんもなかなかのものだったが、小屋に入ったケンさんは似合いすぎるほどの風情あるけしきをつくっていた。

かつて、ダンボールにガラス板をのせただけの小屋に雨宿りをした仔猫が、じっと雨をながめているのを、一句詠みたい気分（これはあきらかに気分だけのことで、残念ながら私は一句詠むなどというセンスをまるで持ち合わせていない）になったが、そのとき仔猫がすでに死んでいたということがあった。

小屋の中のケンさんの姿が一瞬それにかさなったものの、やはりケンさんの方は大人びた風景だ。その姿を人に詠ませるというよりも、ケンさん自体が一句詠んでいる感じがその姿にただよっていたものだった。

ケンさんは、中に敷いた新聞紙の上に身をゆだね、けっこう器用に向きを変えて外へ目を向けたまま、かるく目をつぶった。陽の光は、小屋の前面にはまだそそいでいたから、ピンクの濡れた唇がやはり光って見えた。

安堵した……というのが私の思いの芯だった。もっと早く入ってくれればさらによかったのだろうが、この時の経過はいかにもケンさんらしいではないか。小屋の中でもわずかな仮眠をしたらしいケンさんを、私はほほえましくながめた。

そんな私の目と、しばしの仮眠から覚めたケンさんの目が合った。せっかくだから入ってやったんだぜい……ケンさんはそんな目をしていた。私は、ケンさんとはじめて気脈が通じたような気がした。ケンさんはじらして、じらして、そしてまたじらして……けっきょくは私の提案を受け入れてくれたのだった。

ケンさんは、そうやってしばらく小屋の中で肘をたたんでいたが、やがて大儀そうに身を起こし、のっそりと小屋の外へ出た。そして、またもや両前肢を突っ張ってあくびをし、じっとみつめるカミさんと私にじろりと睨むような顔を向けた。

これまで、庭の小屋にはケンさんも入らなかったが、他の猫も入ることはなかった。猫が入るには少し大きすぎるから、せまいところへ軀を押しこむ猫の習性には合わなかったかと、大きいサイズを選んだことを後悔したりもした。シャラン、いやサソラはT家の家猫だから、多少の興味を示して小屋の匂いを嗅いでいる姿を見たこともあったが、その中へ身を入れることはなかった。

やっぱり犬小屋は犬小屋、猫には馴染みにくいのか……そんなふうに考えたこともあった。だが、そうやって小屋が誰とも馴染まなかったことが、ケンさんがそこへ足を踏み入れたことを、快挙と感じさせてくれるベースとなっているのだ。

ケンさんは、そのまま塀へ向かって歩き、そこへ跳び上がろうとして少し躊躇し、反動をつけて跳び上がった。そして、塀の上のケンさんはゆっくりと私たちをふり返り、いまの場面は忘れるんだぜ……とさとすような顔をのこし、左の拳をぶるっとふるわせ宙を引っ掻く仕種をしてから、のそり、のそりといつもの方角へ去って行った。

いつもの方角……たしかに、ケンさんはいつも同じ方向へ去って行く。その方角の先に、おそらく秘密の寝ぐらがあるのだろう。その寝ぐらは、ケンさんにとっておそらくわが家より安心感のある場所なのだろう。

ケンさんの行先の想像のひとつは、わが家を出てK家の角を左へ曲がったところにある、日本的な建築と広い庭のある家敷だと見当をつけてはいる。引っ越して間もないころ、歌舞伎に縁のある来客があり、その人の「そう言えば○△さんのお宅はこのあたりだったかと……」という言葉が耳に残っている。その○△さんの名前は記憶から失せているが、義太夫か浄瑠璃という言葉が冠されていたような感じが残っている。

庭や家敷の手入れは行きとどいているようだが、露地から中門につづきその先に玄関があるその家は、外からは鬱蒼とした雰囲気が感じられた。その前を通りかかって、虚空にひびく鼓の音を耳にしたことが何度かあったが、近ごろは鼓の音がひびくことはなくなった。

いずれにしても、その家は、ケンさんが寝ぐらとして選ぶにふさわしい空間を秘めているような雰囲気がある。ケンさんが去って行く方角に点線の矢印をつけて行けば、そこにいたるような気がしないでもないが、もちろんケンさんを尾行してたしかめる気はない。

まあ、追跡はほどほどにするのが外猫への礼儀というものだろう。たしかに、馴染みの猫ではあるが飼い猫ではないのだから、そこにひとつの距離感があって当然だ。家猫と野良猫のあいだに、外猫という智恵の領域があるわけで、その智恵は猫側に属しているのだ。

外猫ケンさんの智恵を駆使した行動範囲の中に、馴染みの店みたいに選ばれている家が何軒かある。そのひとつがわが家なのであって、ケンさんが選んだことを尊重しなければなるまい。そして、こちらはあくまで受け身であり、そこにまた外猫と距離感を保ってつき合う側の醍醐味もあるのだ。

そうは言うものの、ケンさんはどうやら何軒かが与える餌にありついてはいるものの、ともかく基本的には野良猫なのだ。そこに思いが舞いおりると、やはり年齢や病気が気になってくる。

以前、ケンさんがめずらしく疲労の色を見せ、目ヤニを左目の下につけてあらわれたことがあったが、あのときはレンガの上に身をよこたえ、さっきと同じようにしばしの仮眠に入っていた。あれは、ケンカ三昧の修羅場つづきで、その中における緊張感もあいまっての、一時的な疲労困憊のあらわれであろうと思っていた。

だが、それにつづいてふたたびケンさんの仮眠姿に接した私は、荒んだ生活ぶりによるダメージもさることながら、ケンさんにもそろそろ年齢からくる何かが、ひたひたと押し寄せてきているという直感をいだいた。ケンさんがついにかねて私がしつらえた小屋に入ってくれたことについても、あながち感動ばかりもしていられぬのではなかろうかという思いが、頭をもたげてきたのだった。

そう言えば、左前肢の拳をぶるっとふるわせ宙を引っ掻く独特の仕種、あれはもしかしたらケンカで負った傷の後遺症のなせるワザではなかろうか。ケンカ三昧の日常と加齢によって刻まれつづけたものの重みが、目に映る美形の内側で蓄積している。それは十分に考えられることだった。

以前のケンさんには、それでもあの小屋に頼らぬという意地みたいなものがあったような気がする。自分が縄張りとしている家とはいえ、善意によって置かれた小屋に素直に入っては、野良の名がすたる……ケンさんの中にそんな気丈さがあったであろうことは、十分に考えられるのだ。

しかし、その小屋が癒しの場所としてケンさんの目に映ってしまった。それがきょうの光景の底に沈んでいる現実というものではなかろうか。そう思い返せば、去りぎわに残した貌《かお》の解読ができるというものだ。いま見たことは忘れるんだぜ……ケンさんはそんなセリフを伝えたかったにちがいない。ならば見ないことにしておこう、と私は思った。それは、私自身がケンさんの現実を直視することをためらったあげくの選択でもあった。そんなふうに思いを沈みこませたとき、ポン、ポン、ポンと鼓の音が虚空にひびいたような気がした。

第十二章　カンニング的余り風

シャラランいやサソラが塀の一角にあらわれ、木の枝に頬を押しつけて気持よさそうに目をつぶっていたが、不意に上を見上げると小さく口をひらいて、口角を上げヒゲを痙攣させた。上方の枝にとまっていた鳥への反応だったのだろうが、そのいちいちが舞踊の所作のように見えた。

やっぱりおつるの方だ……と呟きながら、佐曾羅という名の由来まで知りながら、まだ落語の『妾馬』が頭から抜けていない自分に私はあきれていた。ただ、そのサソラのことをわが家ではあいかわらずシャラランと呼んでいるのだから、香木にも古典落語にも馴染まない、単なる擬音のようなものである。

シャラランは、たしかにサソラとなって姿かたち表情に品が出てきた。それも、女形として仕立てあがるというのではなく、歌舞伎役者でいうならば、若衆方から二枚目役へと日ましに成長していくまっ盛りという感があるのだ。

猫が野鳥などに対してあらわす、あの口角を上げてヒゲを痙攣させるのは、アブサンにもレオンにもシャラランにも共通している。だが、ケンさんのその表情を見たことがない。もちろん、ケンさんだってそういう瞬間があるにちがいない。だが、ケンさんのような荒事に終始する生き方の中では、その表情がとりたてて目立たないのだろう。

それにしても、シャラランがこの表情をあらわすと、あらためて軀と神経の底に脈々と生きる、野性のひとかけらに接するような新鮮さがあった。

シャラランは、小鳥だけでなく地面にいるヤモリや他の虫のうごきにも、無邪気な好奇心をあらわして、猫独特のじゃれ方をしながらとらえようとする。そこには、『義経千本桜』の狐忠信が親狐の皮でつくられた鼓とたわむれるがごとき華があり、いつまで見ていてもあきがこない。

シャラランの軀が、しだいに成長してゆくけはいが、そんなうごきの中からも伝わってくる。軀からはもはや立派な二枚目役者のイメージがただよい、顔にだけ若衆方の幼い雰囲気が残っている。そんなあやうい男の色気を、シャラランは放っているのだ。

シャラランは、するりと塀から庭に舞いおり、いったん小屋の前を通りすぎたが、あれ？　という感じで立ちどまり、小屋の方をふり向いた。そこにケンさんがいないことを知っている私は、安心してシャラランのうごきを目で追った。シャラランは、小屋の入口周辺の匂いを嗅いでいたが、やがて首だけを小屋にさし入れて、しばらく中の匂いを嗅いでいるようだった。

そして、軀を硬直させたままあとずさりし、首をそっと入口から引き抜くようにしてから、ふたたび中の匂いを嗅ぐ仕種を見せた。

しばらく小屋の匂いを嗅いだあと、庭に出したキャットフードに近づくことなく、シャラランは塀へ跳び上がると、T家の庭の内へ姿を消した。ケンさんの匂いにたじろいだのか……私は、シャラランのトラウマ的恐怖感を想像しながら、そんなことを思ったものだった。

すると、反対側の塀にレオンが姿をあらわし、引戸を開けるのを待っていたかのように部屋の中へ飛びこんだ。床に置いた皿の上のキャットフードをせかせかと食べ、例によって私に暗号のような目をおくった。

私は、その日は二つのエッセイの締切をかかえていたが、前夜の深酒のせいで気分がどんよりして、あと一日のばしてもらおうかなんぞと、それぞれの担当編集者への言い訳のセリフを頭の中で組み立てていた。だが、レオンと目が合ったのでようやく原稿を書く踏ん切りがついた。

カミさんがしめたとばかり玄関へつづく引戸を少し開けると、レオンは馴れた足どりでそこをすり抜け、玄関から小走りで廊下をすすみ、いつもは点検する応接間を無視して通りすぎるや、首輪の鈴の音も高らかに、モンロー・ウォークで階段を上がって行った。

のろのろとした足どりであとを追い、私がようやく階段の下にたどりついて見上げると、階段のいちばん上のところに前肢をそろえて坐ったレオンが、「締切、締切！」と私をせかすかのような表情をつくっていた。

階段を上がってレオンを抱き上げたとき、また少し軽くなったかな……という感じが腕に伝わった。レオンだって、ご主人の存命中に浦安からK家へやって来たわけだから、すでにかなりの年齢ということになるのだ。

以前は床から勝手に自分で机の上に跳び上がり、藁の円座の上で二度ほど軀を回転させ、そこで寝る体勢をつくっていたレオンが、いつの日からか私に抱かれて円座の上に置かれるのを、当り前とするようになっている。アブサンの晩年がそうだったな……私は、レオンを藁の円座の上におろしながら、そんなことを思い出していた。

それから少し原稿を書いたあたりで、レオンは寝息を立てはじめた。ヒゲがピクピクと痙攣しているのは、枝にとまる小鳥を狙う夢でも見ているのかしらん……塀の上のシャラランの様子とレオンの寝姿が、私の目の中で溶け合った。

レオンのヒゲのうごきに目をやった私は、その白いヒゲが少し長くなっているように感じた。これもまた、年齢をこなしたあかしというものなのだろうか。ムニャムニャと口をうごかしたあと、その上唇が歯に張りついて、めくれ上がったようになった。これはレオンの特徴と言ってよいだろう。ややふっくらとしているアゴのつくりが、その特徴を生んでいるのかもしれない。

寝返りを打ったレオンの顔をかるく撫でると、左の耳の先が引っくり返ったようになった。猫は目と耳で生きているとも言われ、犬の倍近くも鋭い聴覚をもっているらしい。暗がりで獲物あるいは敵に忍び寄るために、音源の奥行きを正しく判断する耳をもっているのだという。

雌猫が、待ちわびている雄猫が帰って来るのを察知して、その方向をじっと見つめるようになってから二、三分余りたったころ、雄猫がようやく五十メートル先にある場所に姿をあらわすというのだから、猫の聴覚はすごいものだ。この能力はもちろん、敵の接近を察知するさいにも発揮されるにちがいない。カミさんや私などは、よくもシャラランやツバキはケンさんに出くわさず、ニアミスもせずに交互に庭へやって来るものだと感心したりしているが、猫たちにとっては当然のことであるのかもしれない。

それでもお互いが異常接近し衝突することもあり、そこにも何らかの説明がつくのだろうが、それもまた猫の不思議、あるいは謎というふうにおさめておくのが、私らしい流儀だと居直っているのだから始末がわるい。これはもう勉強ぎらいが引きずっている居直り病というものでありましょう。

それにしても、その大事な耳の先を撫でて引っくり返すなどは、神をもおそれぬ所業というものだ。だが、レオンの方はそんな私の行為に苛立つでもなく、しばらく耳の先を引っくり返したままでいて、適当な頃合いでパッともとにもどす。もちろん、野良猫のケンさんにこのようなセンスを求めても無理というものだ。K家の家猫となって生きるレオンの、これはゆとりからくる人間の受け入れ方にちがいない。

レオンがそばにいてくれたおかげで、宿酔《ふつかよ》いにもかかわらずエッセイの締切をこなす気になったりするのだから、物書きとしての私の物腰もいいかげんだ。猫にはこんな功徳があって、かつてはアブサンのおかげで締切に間に合った原稿がいくつもあったはずだ。

そんなことを思い出しながらレオンを見ているうち、レオンが赤い首輪をしていることに気づいた。紫の首輪をしていたレオンが赤の首輪に変わっただけで、にわかに雌猫の雰囲気が出ているように感じられた。レオンは、浦安から吉祥寺のK家に連れて来られ、K家の家猫として時をすごすうち、やはり雌らしいやわらかさを身につけてきたのだろう。そして、それやこれやの余り風を、私はカンニング的にいただいているということになるのだ。

カンニング的余り風と言えば……と呟いて、私は赤い首輪のレオンに鼻を近づけてみた。例の、K家と道をはさんだ家のご老人を思い出したからだった。だが、レオンの軀からは整髪料らしい香りは立ちのぼらなかった。そうなってみると、ご老人の健康の方が気になりはじめた。少し前、郵便を出しに行く途中で顔を合わせ、かるく会釈を交わしたご老人が、レオンと縁をもつ人だと理由もなく思った。そのときかるく咳きこんでおられたようだが……と意識のよこばいがはじまりそうになって、私はあわてて原稿に気をもどした。

それにしても、赤い首輪をしたレオンは、雄猫のシャランとはまたべつな意味で、雌猫として仕立てあがっている。私は、二つの原稿を書き上げたあと、そんな思いとともにレオンを抱き上げた。レオンは、じゃ、そろそろ帰ろうかしら……という感じで私の腕に身をゆだねた。

第十三章　ケンさんの結界《けつかい》

この日のことは、生涯にわたって私の心に灼きついていることだろう。

ケンさんは、すでに老俠客の貫禄を身につけてきた。私をあれほどよろこばせた小屋入りも、二、三度間《ま》をおいてつづけたが、またもや興味を示さなくなっていた。時代劇の盗賊が身をかくす神社のお堂くらいに考えているのだろう。そこへ入って身を休めるのを習慣にしちゃあおしまいだ、てな感覚がケンさんにあるのかもしれなかった。

ただ、庭へやって来て、網戸に爪をかける癖は止まず、網戸のダメージがあまりにもひどくなったので、カミさんはついに決心して、新しい網戸を注文して入れ替えていた。背をのばして網戸に爪をかけるとき、ケンさんは後肢で立ち上がるかたちになるのだが、そのとき見える胸や腹のあたりが、ますます痩せてきた。

引戸を開けると、ケンさんは網戸から爪をはずし餌を待つ。カミさんは、食が落ちたケンさん用に、キャットフード以外にもさまざまに工夫したものを出すケースが多くなっていた。

私は、仕事で静岡へ行くと、干物屋から鰯、さんま、鯖などの醬油干しを買って来る。これはべつにケンさんのためではなく、私自身の好物だからだ。みりん干しというのはけっこうあって、伊豆や沼津あるいは東京でもたまに売っているのだが、これは私には少し甘く感じられる。そこへいくと醬油干しは、ひらいた魚を醬油につけ、白ゴマをふって天日に干したやつで甘くなく、私の好みにぴったりであり、故郷の味としてのなつかしさもある。鰯の醬油干しを二尾ほど焼いて御飯の上にのせ、箸でほぐしながら食べるB級蒲焼的感触も捨てがたいし、鯖の醬油干しの焼いたのに箸を入れると身の脂がじゅっと音を立てるなんぞは、実にどおもたまらない感触でございます。

その醤油干しを焼いたやつは、食欲が落ちたケンさんも無視できないようだ。この効力はかつて、鰹のなまり節とともに老齢となってからのアブサンの食生活の中でも証明されたことだった。これが、高齢で食欲がない状態の猫に対する、わが家の必殺的献立となっている。もちろん、レオン、シャラン、ツバキ、チャトラ（がたいの大きい赤茶の縞猫に、カミさんはチャトラという名前をつけた。そのまただ）などにも出すことはあるが、キャットフードを受けつけなくなったケンさんに与えるケースが多くなっている。

最近のケンさんは、庭へやって来れば、かならず網戸に爪を立て、餌をねだるような顔はするものの、いざ出してもあまり食べないケースが多い。少しだけ口をつけたあと、レンガのポーチに寝そべってじっと私たちを見たりしている。小屋へ入るでもなく、昼寝をするでもなく、ともかくぼんやりしているときが多いのだ。

わが家の庭は、塀と建物にかこまれているから、ケンさんにとっては見知らぬ敵に対する安全地帯になっているはずだ。庭へやって来る常連の猫たちは、そこにケンさんがいれば近づかない力関係の範疇にいる、縄張り内の子分みたいなものなのだ。ケンさんの方でもいちおう警戒心をゆるめず、いざとなればすぐに臨戦態勢をとることのできるかまえをつくっているが、そこで自分をおそってくる者がいるはずがないという安心感を、力による制圧によってもはや確立した自信があるはずだ。それゆえか、近ごろのケンさんはレンガの上で仮眠をするとき、四肢をぐんとのばし腹をさらしていることが多い。それは時の経過にもとづく私たちへの信頼感でもあるのだろうが、ケンさんの何かが変わった……という要素として見ることもできるのではないか。そこには、やはり年齢による疲労感、消耗といったことがからんでいるように思われるのだ。

　その日も、ケンさんはそんなふうに庭に出したなまり節におしるし程度に口をつけたあと、四肢をのばし地肌の透けた腹とピンクの濡れて光る唇を陽にさらし、しばしの仮眠という姿を見せていた。

　私の目を意識したか、やがてケンさんはむっくり起き上がって、網戸の近くまでやって来ると、両肢をきちんとそろえ、そこにしっぽを巻きつけるようにして坐った。「ケンさん！」、私が声をかけるとかすかに目をしばたたいたが、こういう素直な反応もめずらしいことだった。「ケンさん！」、もう一度呼んでみると案の定、今度は、うるせえんだよ何度も……という不愉快そうな目になった。そして、そんなケンさんらしさが、私を安心させた。

私は、庭にいるケンさんの姿がくっきりするよう網戸と引戸を大きめに開けた。ケンさんは一瞬、ぎくりとしたようだったが、すぐに軀から力を抜いた。ケンさんの目はあいかわらずブルーだったが、左目の下にこびりついた目ヤニが、もはや模様となって張りついたようになっていた。

仮眠から起き上がったばかりのせいか、背中あたりの毛が逆立っていた。私は、引戸のそばからソファに移動し、カミさんはキッチンで皿洗いを始めた。

引戸のそばの床の上に、三粒ほどのキャットフードが残っていた。ケンさんは、つまらなそうにそこへ目を投げている。かつての小津安二郎作品の白黒画面みたいな時間が、わが家にながれているようだった。

と、そのとき信じられぬことが起こった。ケンさんが、引戸の敷居のところまで近づき、そこに両前肢をあてがって、何やら興味深そうに中を気にしていたが、いきなりすいと敷居をまたぎ、部屋の中へ足を踏み入れたのだった。

これまでにも、ケンさんが敷居に近づくことは何度かあったが、そこからじっと部屋の中をのぞくものの、何かにおびえたような感じで軀をかたくしてあとずさった。ケンさんにとって、外気にさらされた庭までが心に平安をもたらす空間で、部屋の内側には轟々たる大洪水がながれているというわけか。その仕切りが敷居ということになっていたのだろう、私はそのように納得していた。

あるいは、敷居をまたいで部屋の内へ足を踏み入れぬのは、ケンさんの野良猫としての矜恃かもしれぬという気もした。内と外の境界線にある敷居は、ケンさんが生きる空間と、足を踏み入れてはならぬ空間を、厳然と遮断するものであり、それを侵すのは野良の則《のり》を破ることになる。ケンさんが敷居のところでたじろぐ姿からは、そんなことを汲みとることができたのだった。

だが、いまケンさんはその野良の則を破り、結界《けっかい》を超えてしまった……そんな思いが、ケンさんが敷居をまたぐシーンにかぶさった。私は、あわててカミさんに手で合図し、ケンさんの信じられぬ姿をアゴで示した。カミさんは、何も言わずに息をころしてケンさんを見つめていた。私もまた、この突然あらわれた想像外の光景を、唇をかんで見守った。

ケンさんはそんな私たちの緊張を尻目に、敷居をまたいですいと部屋の中へ入ったかと思うと、ひょい、ひょい、ひょいとかるい足どりで部屋の中を少し歩き、天井やら壁やらをながめ回すと、アレ？　と首をかしげるような表情になった。そして、何だかまちがった道へ迷いこんだみたいだな……という表情を浮かべながら、ひょい、ひょい、ひょいと敷居へ向かって歩き、そのまますいと庭へ出てしまった。私たちは、呆気にとられ、茫然としてその一部始終を目で追っていた。

敷居をまたぐとき、ケンさんからはたしかに、野良の則を破り結界を超える覚悟といったものが伝わってきた。そんな行動をさせたのは、いったい何ゆえだったのだろうか……その答えが私の中にいくつも浮かんでは消えた。

ケンさんがわが家にやって来たのが、アブサンがこの世を去った一九九五年の少し前だとすれば、もはや十六、七年前ということになる。大柄でない軀つき、美形の面立ち、それにケンカ三昧の一匹狼……というイメージとしてのケンさんを、私はいくつものフィクションをからめてもてあそんできた。それによって、単なる野良猫ではなく、フィクションの衣をまとったケンさんという存在がかたちづくられた。そして、私たちはそのフィクションの衣ごと、ケンさんとつき合ってきたのだった。

そのため、ケンさんの猫としての実年齢や、そこにおおいかぶさる衰え、つまりケンさんの実像については、やや漠然とした感じ取り方をしていたにちがいない。ある意味で、サザエさんやゴルゴ13がいつまでも年齢《とし》をとらないというような感覚で、ケンさんに接してきた可能性は十分なのだ。

しかし、落ち着いて考えれば、ケンさんは少なくとも十六歳以上の野良猫ということになる。わが家とのつき合いも、それに比例して長きにわたるものとなっている。そんな時間の中で、私たちもケンさんのことをあれこれ勝手に思いめぐらしてきたが、ケンさんのわが家への感じ方に、歳月にそったそれなりの変化があったとも考えられるだろう。

そしてケンさんは、そろそろこの家の住人への野良猫としての警戒心をゆるめてみせてやるのも一興と、老齢者らしいいたずら心をもって、野良の結界を超えてみせた。ケンカ三昧のいつ何が起こるか分からぬ生き方ゆえ、軀がきくあいだにちょいとサービスをしてやろうか……そんな老人のセンスを、私はケンさんのこのときの行動から読みとったのだった。

それは、上海仕込み、東京生まれ、清水育ち……なんぞと意気がって時をすごしてきた自分が古稀《こき》を迎えたとき、ふっとわいた気分の軽《かろ》みのようなものを思いかさねてのことだった。

祖父母の子として戸籍に入れられ、祖母の手によって育てられた私は、老人の味わいに深く馴染んでいる。そのせいか、近ごろの健康志向やアンチエイジングのブームやら、あるいはスローライフやら正しい成熟やらを取沙汰するアングルから、老人の特権的な〝面白さ〟が死角となっているように思えてならない。

人というもの、年齢をこなしてゆくと、とかくいかめしく、きびしく、重く、暗くなってしまうケースが多い。それが、尊厳、風格、貫禄というふうに語られたりもする。つまり、老人が何となく〝偉い人〟にまつりあげられ、本人もそのような自負心をもてあそんでいるうちに、老人特有の面白味を失ってゆく。

老人好きの私……と自分自身が老人の域にいて言うのも妙だが、サザエさんやゴルゴ13が年齢をとらぬのと同様、自分自身についても老齢という意識はいだきにくい。人にとって、自分自身もまたフィクションのひとつであるのかもしれない。決して若いとも思っていないが、老人とも思っていない。それゆえ「老人好きの私」などという言葉がつらっと出てくるのだろう。

で、その老人好きの私が思う老人の魅力は軽み、飄々、滑稽……つまり、面白味に尽きる。風狂や佯狂《ようきょう》てなことになるといささか格が上がりすぎで、単純な面白味の領域の色合いがすばらしいのだ。したがって、私は自分自身をその資格を有する老人と見立てることができず、老人らしい老人のファンのままでいるというわけだ。そして、ケンさんが野良の則を破り結界を超えたあの行動のカギが、その老人の飄々たる面白味につながるのではないかと、老人好きの老齢者たる私は思ったのである。

そんな結論が、ケンさんのひょい、ひょい、ひょいという妙にかるい足どり、そしてあたかも見知らぬ道へ迷いこんじゃったといったニュアンスの表情、それにあのすいと早足で出て行った軌跡をたどりなおしたあげく、私の頭に浮かんだ。

あの行動が、すべて意識されたものでもあるまい。そろそろこの家にちょいとサービスをしてやろうという人情的な動機に、まず仮眠から覚めたケンさんは突きうごかされた。そして、何かにあやつられるように部屋の中へ入り、すぐにヤバイと思って引き返した。ヤバイというのは危険を感じてのことではなく、夢の中に迷いこんだとまどいという方が近いだろう。そのあとはすぐに我に返り、居てはならぬ空間へ足を踏み入れたことを、なかったことにでもするように切り捨て、夢から逃げるようにして野良の世界へと帰って行った——。

私は、夢をスローモーションでたどりなおすような気分で、くり返しその場面を反芻した。

考えてみれば、アブサンの晩年も味わい深かった。書斎の机の上から床におりたとき、うっと発してしまったうめき声をあわてて呑みこみ、じろりと私をふり返って、聞かなかったよな……と念を押すような目をつくり、よたよたと階段をおりて行くときの鈴の音が、今も耳に残っている。衰えが深みを生み、病いで苦しんで死にいたる時のながれの中でも、アブサンはカミさんと私に何かを与えつづけてくれた。

家の中でだけ生きることを強いられたアブサンと、野良を軸としていくつかの家の餌にありつき、これまで決して敷居から内側へ足を踏み入れなかったケンさん。同じ猫として生まれながら、まったく対照的な生き方と言えるだろう。どちらがしあわせかなど決めるべきではないことながら、時をこなし老齢となったありさまの中で、この両者に共通する魅力が見えてくるようだった。

それにしても、ここから先の野良としての最晩年は、ケンさんにとってきびしいだろうな……私は、ケンさんが入らなくなった庭の小屋をながめながら、そんなことを思った。

第十四章　逆転の構図

秋が深まり、木の葉が散りはじめたある日、またもや庭に猫同士がいがみ合うけはいが生じた。
あわてて庭を見ると、まず目に入ったのはやはり、塀の上で気色ばんだケンさんの姿だった。口角を上げしっぽを立てて相手を威嚇している、いかにもケンさんらしいケンカのポーズだった。
きょうの犠牲者は誰だ……ケンさんの視線を追ってみた。すると、同じ塀の上にいたのはシャラランすなわちサソラだった。それを確認して、私は心のざわめきをおぼえた。かつて、玄関脇の納屋に追いつめられ、床下に潜りこんで九死に一生を得たシャランの姿が、すぐさま目の内によみがえったからだった。

次の瞬間、私は首をひねった。怯えているはずのシャラランが、意外に平然として見えたからだった。かるいうなり声を発しているものの、弱者がとまどいうちふるえている様子がない。一方、ケンさんは本気のようだった。いつものようにケンカ馴れたかまえで、しだいに距離をつめようとしている。そのとき私は、ケンさんとシャラランが対峙する構図をながめて、意外なことを発見した。それは、ケンさんの軀の大きさと、シャラランの軀の大きさが、逆転していることだった。成猫となったシャラランが、気づかぬうちにケンさんの体軀を追いこしていたのだろう。

ケンさんは、ケンカ屋の一匹狼のわりに小柄だ。中学生のとき、小柄ゆえに向こうっ気が強く、負けずぎらいをエネルギー源としているケンカ好きの同級生がいたが、もちろん小柄だからケンカに不利だと断じることはできない。

だが、それにしてもケンさんが脆弱に見え、シャラランが悠然としているのが、私にとっては不思議な光景だった。いつもその立居振舞《たちいふるまい》の華やかさに見惚れていたせいもあって、シャラランが雄猫として一丁前の軀に仕立てあがっていることを、私はうかつにも見すごしていたのだろう。そのシャラランと対峙する構図の中で、ケンさんの軀がいかにも貧弱に映っていた。

ケンカをしかけたのは、もちろんケンさんの方だろう。縄張りへあっけらかんと姿をあらわしたシャラランに、しめしをつける気にちがいなかった。だが、うなり声をあげて威嚇し、ずいと距離をつめようとしているケンさんが、そこから前にすすめないでいる。これもまた信じられぬけしきだった。

ケンさんの横腹のあたりが、吐く息吸う息の連続で波打ちをはじめた。シャラランは、時おりうなり声に応じたり、ちらりと私の方へ目を向けたりもしながら、悠然とかまえている。ケンさんは、ガラスの内側から見守る私に気を向ける余裕もなく、ひたすらシャラランを威嚇しつづける。うなり声もケンさんの方が大きく、攻めきれぬ苛立ちが感じられた。

以前、たった一度であったにしても、野良の則を破り結界を超えてしまったことで、ケンさんの野性の牙が鈍ってしまったのだろうか。あるいはやはり年齢からくる衰え……その言葉がまたもや頭に浮かんだ。

老齢となってにじみ出る味わいは、ケンカという修羅場でのモチベーションとは相反することにちがいない。猫同士のケンカと無縁だったアブサンは、老齢の滋味あふれる境地を、カミさんと私に存分に見せてくれたが、ケンカ三昧のケンさんはそうはいくまい。それは、ケンさんが敷居をまたいで部屋へ足を踏み入れた日にも感じたことだった。あれからしばらく、ケンさんは庭に姿をあらわさなかったが、何を考えて何処ですごしていたのだろう。つい見てしまった夢の中でのとまどいを何かでまぎらせているのか……自分好みにすぎるのを承知しながら、私はそんなことを時おり思っていたのだった。

ともかく、シャラランとケンさんの力関係の逆転が、私の目には衝撃的なシーンとして映った。

ケンさんは、やたらに気合いをかけて打ちこもうとして果せぬ段位の低い剣士のごとく、何となく無駄なうごきに終始しているように見えた。どうやってケンカを終えるつもりか……そんなことが頭に浮かんだとき、ケンさんが急に呼吸をととのえ、うなり声を低くして、かまえをつくり直した。大上段にかまえた剣を不意に下段にかまえる不気味さが一瞬、ケンさんにただよった。

シャラランは「ん？」という感じでケンさんの意表を突くかまえを見すえていた

が、やがて油断なく体勢をととのえ、かまえをくずさぬままおそろしく長い時間をかけてしだいにあとずさり、いきなり塀の上からT家の庭の内へ姿を消した。

ケンさんは、その姿をじっと目で追い、ふっと息を吐くようにして残心のかまえを解き、ガラスの内からじっと見守る私にはじめて気づいた。そして眉間に皺をよせ、例のとがめ顔をつくると、爪先でぶるっと宙を引っ掻く仕種をした。ケンさんは塀の上をシャラランと反対の方へ歩いて行った。剣をくるくるっと回して鞘におさめ、懐手をして去って行く浪人者をその姿からイメージし、それはツバキすなわち椿三十郎の役どころだろうと、私はひとりごち苦笑した。

両者ともに傷つかずの結果に、ともかく私は胸をなでおろした。

それにしても、シャラランが、ケンカの場面で心強い姿を見せたのは意外だった。あれは、シャラランが自発的にケンカをやめたのであり、余裕のあらわれではなかったか。かまえ合いながら時が煮つまっていくなかで、自らかまえを解くというのは、そこで力関係を見切っていたと言えなくもない。

一方、ケンさんの心境は複雑だろう。かつて楽々といたぶり、追いつめることのできた相手の隙のなさに、容易に攻撃をしかけられなかったのも心外であったはずだ。それに、相手に矛《ほこ》を納めてもらったような幕切れにも納得がいかない。ケンカ上手の腹芸のなせるワザか……そんなふうにまとめれば、さらに荒涼たる気分になるにちがいない。これから、こうやってフェイントを駆使した年輪なりの腹芸で切り抜けていかねばならぬ修羅場が、ごまんと想像できるからだ。

私は書きかけの原稿を仕上げに書斎へ行った。そしていっときして一服しようと居間へもどると、ちょうどツバキが姿をあらわしたところだった。塀の上のさっきケンさんとシャラランが対峙していた戦場あたりの匂いを、まずツバキは嗅いでいた。ケンカの場面となれば、それにふさわしいアドレナリンが軀から放射されることだろう。その匂いの余韻をたしかめてから、引戸の外へやって来たツバキに、私は少し感心した。これなら野良としてやっていけるだろうと思ったのだった。

それにしても、塀の上に立ったツバキの姿は、ケンさんはもとよりシャラランより大きく見えた。ツバキもまた、ケンさんにとっては厄介な敵になってくるにちがいない。だが、ツバキが雌か雄かも私にはとらえきれていない。面立ちやうごきの早さから、何となく雄猫という方へ気持がかたむいているが、その根拠はツバキがアブサンと同じ模様のせいにすぎないのだ。

同じ模様ながら、アブサンとツバキはどこかちがう。家猫と野良猫の雰囲気のちがいなのだろうか。ただ、餌をねだるときの鳴き声については、ツバキは雌猫のようなやさしいテイストをもっている。イリオモテヤマネコ的肌合いと、そのきれいでやさしい鳴き声はフィットしない。

しかし、そんなことを言えば荒ぶる魂の持ち主であるケンさんと美形の面立ち、シャランすなわちサソラの雄猫なのにかもし出す独特のエレガンス、レオンの書斎の机の上にある藁の円座への奇妙な馴染み方など、わが家にあらわれる猫たちはどれも、すっきりと統一できぬ意外な要素をもっているようだ。

それはともかく、何軒かのお得意さんを確保したのだろうと思われる、生活の安定からくる落ち着きみたいなものを、ツバキが身につけはじめているのもたしかだ。家猫として引き取られるには少し年齢が高いか……唾をこぼしながらキャットフードを食べるツバキを見ながら思った。

そういえば、近ごろツバキは居間の床に置いたキャットフードを、開けた引戸からおそるおそる入って、カリカリと音を立てて食べるようになった。ただ、キャットフードを床に置いたカミさんや私が、そこを離れるまでじっと待っていて、タイミングをはかって入ってくる。それに、食べているあいだも私たちやテレビの画面を終始気にして、せかせかと食べて出て行く。

ツバキには、テレビ画面にアップの顔が映ると、あわてて引戸の外へ出てから、様子を見てまたキャットフードに近づくという特徴がある。

映画のクローズアップ・シーンは、映画を見ることに馴れた者にとっては何でもないが、映画というものと無縁の人がはじめて目にすればかなりのショックを受けるのだという。顔がクローズアップされると、それは人の首がちょん切られたと受け止めるらしいのだ。自分が最初に見たときの感触は思い出せないが、クローズアップという技術を知らずにアップの画面を見れば、首がちょん切られたように見えるのが自然であるのだろう。

アブサンが最初にテレビを見たころ、若き日に海外で穫ったチャンピオンベルトを手みやげにした凱旋興行の試合で、ロープからロープへと飛び走る藤波辰巳のアクロバティックなうごきを、左右に顔をふって目で追っていた。だが、ツバキのように人の顔のアップのシーンに怯えたという記憶はない。このケースにおいては、人の目とクローズアップの映像技術を浮かび上がらせるツバキの方が、いささかレベルが高いかもしれない。

ともかくツバキは、私たちがいる位置や視線を気にし、テレビ画面に目をくばり、アップになると外へ飛び出し……とけっこういそがしい。いそがしいと言えば、ツバキは他の猫にくらべて舌が長いような気がするのだが、床のキャットフードを食べるときも、その舌をちろちろと性急に出し入れする。

そのせせこましい舌の出し入れとかかわることとなのだろうが、やけに唾液の分泌がはげしい。そのため、ツバキが出て行ったあとは、床にその唾液の痕跡が目立つのだ。このようなツバキのさまざまの特徴から、よほどせっかちな性格ではなかろうかという仮説が割り出されてくる。そんなこまかいことには想像をめぐらしたりはするのだが、それでもやはり、ツバキが雌か雄かということは把握できていないのだから、外猫の輪郭をつかむというのは厄介きわまりない問題なのだ。

椿姫のイメージはとっくにツバキから失せていて、せっかちぶりを見れば椿三十郎に近づいている印象があるが、世の中にはせっかちな女だってもちろんいるわけで、そのへんの雌雄はまだ決していないというわけである。

それでも、ツバキがわが家への用心、警戒心といったものを、一ミリずつゆるめはじめているのはたしかなことだ。どうやらツバキにとって、外と内とを仕切る敷居は、結界というものでも何でもないようだ。それは、引戸からいきおいよく入るタイミングの早さや、見守る私たちとの距離を微妙に近くしていることからも伝わってくるのだが、その根本はどうやらカミさんが自分の鳴き声を気に入っているのを、ツバキが勘づいたためでもあるらしい。

たしかにカミさんは、アブサンへの思いが強いだけ、アブサンに似たツバキには特別な目を向けている。それはそれでカミさんにとってもツバキにとっても目出たいことなのだが、私はツバキがケンさんの強敵になる日が、刻一刻と近づいていることに、一抹の不安をおぼえざるを得ない。そのベースはやはり、ケンさんの寄る年波ということにつきるのだ。

シャラランやツバキが急に軀が大きくなったというより、ケンさんの体力が年齢や荒んだ時のこなしによって衰えをました感じだ。シャラランと対峙する塀の上の構図を見るにつけ、ツバキのエネルギッシュな物の食べ方や俊敏なうごきを間近に見るにつけ、そういう気持がふくらんでくる。

そのほかにわが家へは、首輪をつけた大柄のチャトラ（茶虎）、それにまだ若そうだが生命力のありそうな黒地に赤斑の入ったヤツがいて、いずれも雌雄は判別できぬものの、これらもまた、今のケンさんにとっては手強い相手となる可能性大なのだ。

また、ケンさんの敵はわが家の庭へやって来る猫だけではあるまい。わが家から塀づたいに去って行くケンさんは、この界隈で自分の息のかかる縄張りに、地回りのごとく睨みをきかせつつ、自分の秘密の寝ぐらへ帰って行くにちがいない。その途中の縄張りの中にも、かつては屈伏させていた相手がにわかに力を得て、いつケンさんに闇討ちをしかけるか分かったものではない。

もしかしたら、そんな連中がかたらって、多勢に無勢の状態でケンさんを取り囲む……私は、森の石松の閻魔堂での顚末などを思い浮かべつつ、ケンさんの行く末を案じたりもした。こんな浪花節のネタをたぐりよせるあたり、清水みなとにおける祖母との二人暮らしの余韻が、まだまだ私の中で尾をひいている証拠なのである。

第十五章　深傷《ふかで》と鼾《いびき》

ふと引戸の外を見ると、ケンさんがガラスごしにじっとこっちを見ていた。深夜の一時を少しすぎた頃合いだった。かなり前からそこにいて、ずっと目が合うのを待っていたのだろうと、その様子から私は察した。

またケンカの帰りか……そんな気分でキャットフードが入った缶を手に取り、引戸を開けて見ると、ケンさんの面相がいつもとちがっているように見えた。

風邪をひいたときなど、最近のケンさんは鼻水を垂らしてそれを唇の上にこびりつかせ、目ヤニで頬の毛が張りついたようになって、かつての美形どこにありという趣きになることがある。

しかも、鼻水のせいで息をするとき、出来そこないの笛を吹いているような音がからむのだ。野良ゆえに病いに身をまかせているから、そんなときはとくに痩せている。それじゃケンさんじゃなくてゲンさんだよ……そんな突っこみを入れたくなったものだった。任俠映画の健さんが老俠客の役どころとなり、それもまた飛びこえて夜鳴き蕎麦屋の源さんに変貌してしまったようだったのだ。

健さんから源さん……これはさすがにカミさんに即座に却下された。何しろ、スクリーンの中の健さんにかさね合わせ、着流しの美形の男っぽさをイメージしてケンさんと名づけたのはカミさんだったのだ。

それはともかく、風邪をひいたときのケンさんは、えらく身をやつし面立ちが変わってしまう。そういう変化には馴れていると言えば馴れてきていたのだが、今夜のケンさんの面相の異様さは、それとはあきらかにちがっていた。

網戸も開けて庭のあかりをつけてみて、ケンさんの面相の理由が分かった。それは、左頰の半分くらいが血に染まり、本来は白い毛であったのがどす黒くなっていたせいだった。それでもケンさんと分かったのが不思議なほどの変貌に、私はたじろいだ。

ケンさんは、どこかからわが家にたどりついたのだろうが、餌を求めている様子がなかった。ただ、無意識の状態で闇の中をさまよいつづけたあげく、偶然に勝手を知った場所に出たという感じが伝わってきた。

さらによく見ると、ケンさんの左の耳が垂れるようになっていて、耳の付け根にざっくりとした深傷《ふかで》があった。左耳がぶら下がり左頬が血に染まっている……それゆえのケンさんの面相の異様さだったのだ。

私は、以前ケンさんが敷居をまたいで入って来た、つまり野良の則を破り野良の結界を超えたときとは、まったくべつな意味で息を呑んだ。自分を見るケンさんと目を合わせたまま、私は取り乱しかねぬカミさんに命令する口調で、床の上に新聞紙を敷くように言った。カミさんは、私に言われた通りにしてから、冷蔵庫から何かを取り出し、鍋の中に入れて水を注いでコンロにのせ、ガスの火をつけた。それを背中に感じながら、私はケンさんと目を合わせつづけた。ブルーの目の中の瞳が、真ん丸くなったような気がした。私は、新聞紙のうしろまでしずかにあとずさって、部屋の中へみちびくように、床を拳でコンコンと叩いた。

するとケンさんは私の目をたしかめるようにして、後肢に力をこめ前肢を突っ張ってから、よろりと部屋の中へ足を踏み入れた。いまのケンさんにとって敷居をまたぐことは、野良の則を破ることでも、結界を超えることでもなかった。

部屋のあかりの中に入ると、ケンさんの傷をありありと見とどけることができた。ケンさんは、耳の付け根に相手の牙が喰いこみ、耳がちぎれかねぬほどの深傷を負っていたのだった。耳が付け根から垂れていると思ったが、耳の皮が剝がれて下に垂れているだけで、耳たぶ自体は無事のようだった。無事といっても、皮が剝がれ白い軟骨がむき出しになった耳たぶは痛々しかった。

ケンさんは、それが自分のために敷かれたものだと知っているかのように、新聞紙の上へやって来ると、ごろりと軀をよこたえた。物を嚙むのは無理だろうというので、カミさんは、魚のスープのようなものをこしらえたようだったが、ケンさんにはそこへ気を向ける余裕さえなかった。

新聞紙の上に寝そべるかたちになったケンさんは、口を半びらきにして苦しそうに息をしていた。やはりそのたびに、出来そこないの笛のような尾を引く音が生じていた。そのあざやかなピンクの濡れた唇が、無残な姿の中で際立っていた。

私たちはただそんなケンさんを見守っているだけで、何ら手をほどこすことができなかった。もし軀に手をのばしたりすれば、かすかな力をふりしぼってでも、ケンさんは本能的にその手に爪を立てて、危険な夜の中へ出て行ってしまうにちがいない。いまはそこでじっと軀を休めていればいい……そう思うしか私たちにはすべがなかった。ケンさんは、それを知っていて、弱った姿を私たちの前にさらしているにちがいなかった。

しばらく虚ろな目を宙に泳がせていたケンさんは、やがて鼾《いびき》をかきはじめ、口を半びらきにしたまま眠ってしまった。ケンさんが、い……とカミさんをふり向いて言おうとして、私はそこで言葉をとめた。私はケンさんが鼾をかいてる、とだけ言うつもりだった。だが、いささかの感動のためか言葉がにじんで涙声になりかけた。それがカミさんにバレぬよう、言葉を呑みこんでしまったのだった。

私は、鼾をかく寝顔を見て、野良猫のケンさんがこれほどまでに私たちを信用している場面への感動で声がつまりかけたのだった。荒ぶる魂をもつ用心深いケンさんが、いまわが家の床で鼾をかいて眠っている。深傷を負った無残な姿ではあったが、すべての警戒心を取りはらって、その弱々しい姿を私たちの前に、正直にさらしている。そんなケンさんを見るのは、もちろんはじめてのことだった。

これは、本当は見てはいけないケンさんの姿であるのかもしれない、と私はすぐに思い返した。だが、いまは緊急時だ。どんな強面の極道でも、手術室の中では担当医のなすがまま、無防備な姿をさらすしかないではないか。自分に対してともケンさんに対してともない言いさとすようなセリフが、いくつも頭をかけめぐった。

カミさんは、煮えたスープを器に入れ、テーブルの上で冷ましていた。私は、読まなくてもよい雑誌のページをくり、なるべくケンさんに目を向けぬようにしていた。テレビを消した部屋の中で、ケンさんが息をする出来そこないの笛のような音色だけが、しばらくつづいていた。

ケンさんは、一時間半ほど眠ってから、軀を起こそうとする仕種を見せた。ずっと眠っていたのか、時どき目覚めながら私たちの様子に気をくばっていたのかはつかめない。ケンさんは、軀をよこたえたまま、首から上だけをようやくもち上げた。カミさんがその鼻先へ、皿に入れた魚のスープの冷めたやつを近づけると、ケンさんはかすかに身がまえるような感じを示した。よけいなことをするんじゃあねえ……例の迷惑顔だった。

だが、ケンさんはそのあと皿に鼻を近づけると、せっかくだからごちになるか……てな感じで匂いを嗅ぎ、皿に顔を突っこむようにして、舌でペロペロとスープをたくし上げた。そして、その味が気に入ったのか、もどかしそうに前肢を立て直すと、あらためて皿のスープを舌に巻きこんでは吸いこむことをくり返した。カミさんは、それを目にして小さくガッツポーズをしてみせた。たしかにこの味つけは、カミさんの大手柄だった。

スープを半分ほど吸い上げたケンさんは、ふたたび新聞紙の上に身をよこたえた。だが、それは先ほどの青息吐息のときとはまるでちがう、ケンさんのわがままが宿り直したような姿だった。ケンさんは出来そこないの笛を吹きながら、また眠ってしまった。だが、そのときのケンさんからは、嘘の鼾をかきながら、いま自分がなぜここにいるのかを探りつづけているようなけはいが伝わってきた。

二十分ほどして軀を起こしたケンさんは、残りのスープに口をつけたあと、私たちへ交互に目をおくりながら、そこにじっとしていた。前肢をかろうじて突っ張り、やはり痛みをがまんしている顔だった。礼を言えばクセになるし言わなきゃ仁義にもとる……そんなことを心の内で呟いているであろうケンさんの無表情に味があった。

やがてケンさんは、こんなところにいつまでいたって埒ア明かねえや……てな感じで、よろり、よろりと軀を左右にかたむけながら、杖にすがる老侠客の雰囲気をただよわせ、もどかしく敷居をまたいで庭へ出た。そして、いつもあらわれる方向とは反対の方へ、のっそりと歩いて行った。その姿が消える直前にケンさんは部屋の中をふり返った。礼は言わねえぜい……アテレコの声優が画面に合わせるようなセリフ回しを、私はケンさんにかぶせた。ケンさんは、かろうじて左の拳をかかげ、それをぶるっとふるわせて宙を引っ掻く得意の仕種を残し、どこかへ向かって去って行った。

カミさんと私は、網戸と引戸を閉めてから、ふーっと息を吐きながら、ケンさんの残像を追うように、庭へ目を投げていた。

あれだけの深傷を負って、わが家でいっとき軀をよこたえスープを飲んだとはいえ、それでもどこかを目指して行ったらしいケンさんから、気丈な男の本性が立ちのぼっていた。耳の付け根の深傷……つまりは背中ではなく顔面の傷ということで、それは老齢のケンさんが、攻撃的に相手に立ち向かったあかしでもあった。

ただ、ケンカにさいしての自分の力の通用度について、ケンさん自身とうに自覚するものがあるにちがいない。それでも野良猫である以上、縄張り内で敵に出会えば、背を見せず闘う以外の生き方はないということなのだろうか。

ケンさんは、新聞紙の上で眠り、そのあとカミさんがつくったスープを飲んだとき、体力がほんの少し回復したことを感じたはずだ。一時間半ほど眠って、スープを飲み、二十分ほど眠った……これが、ケンさんがわが家ですごした正味の時間だった。そのあとずっといてもいい、残り少ない年齢なんだから……私たちの中に、そういう気分がほんの少しあったのはたしかだった。

だが、ケンさんはそんなひとかけらの感傷を切り捨てるように、毅然として野良の闇へもどって行った。ケンさんはたしかに二度にわたってわが家の敷居をまたいだのだったが、心の中の野良の則と結界を手放すことはなかった。野良に軸を刺す生き方の凄みが、ケンさんの余韻が残るわが家の庭に、いつまでもただよっているようだった。

第十六章　フェイド・アウト

あの大ケガからしばらくたって、ケンさんの耳たぶにかすかに黒い産毛のようなものが生えてきた。ただ、それが毛らしくなるにつれて耳をおおう薄い皮もよみがえり、その面相が以前に近くなるのには、やはりかなりの時を要した。それに、冬になったせいであいかわらず風邪はひきやすく、鼻をぐずぐずさせていた。いくらケンさんでも少しは養生して、出かけるのを減らしているのか、このところケンカ沙汰からは遠ざかっているようだ。あの火の車が埃《ほこり》を巻きこんで突っ走るような音がたまにとどいてきたが、前後の様子からそこにケンさんはからんではい

ないようだった。

ケンさんは、時おり庭へやって来るのだが、塀の定番の場所から跳びおりるのはすでに無理のようで、塀の上を遠まわりして、まず建物の外に残る使わなくなった暖房器の上へそろりと軀を移し、次におもむろに地面へおりるという手順を、このところ踏んでいるようだ。いくら網戸と引戸を開け、床に新聞紙を敷いて招いても、敷居をまたぐことはない。

一度目は、うららかな陽の光にさそわれてついうかうかと、見知らぬ迷路へまぎれこんだというふうにあらわれ、ちょっと部屋の内を見回しただけで、飄々たる徘徊老人のような風情のますーっと出て行った。あのときのケンさんには、たしかに野良の則を破り結界を超えたイメージがあり、神秘的な気分にさえさせられたものだった。

そして二度目は、深傷を負ってわが家にたどりついた深夜のことだった。あのときはぎりぎりの体力がもどるまでいっときの時間を部屋の中ですごし、身をかくした魚小屋か神社のお堂か傷をいやす湯治の湯から出て行くように、毅然たる姿を見せて去って行った。わが家に居つく気などさらさらない、野良猫のきびしい生き方を見せつけるようなうしろ姿だった。

ケンさんがわが家の敷居をまたいだのは、この二度だけのことだった。その後は一度も部屋の中へは入らぬものの、庭にやって来たときの目に、以前にはなかった近しさみたいなものがあらわれているように思えた。年齢に見合うやわらかみとでもいうのだろうか、無駄な力の入らぬ境地が、ようやくケンさんにもおとずれているのかと感じさせられもした。

だが、もとよりケンさんが野良であることに変わりはなく、縄張り内を歩けば危険に出くわす宿命の生き方に終始しなければならぬのは自明のことだ。それでも、このところ私たちに見せる表情が、以前よりおだやかになっている。これは私たちに対する気持を溶かした結果であるのかもしれない。その溶かした原因は……と因果関係をさぐってゆけば、やはり敷居をまたいだ二度にわたる〝事件〟ということになるだろう。

私たちはもともとケンさんを外猫として遇しているが、ケンさんの立場はそんなに素直ではなかっただろう。わが家はケンさんにとって餌にありつくことのできる何軒かのひとつではあるが、自分がこの家の外猫であるという感覚などあり得たはずもない。

ところが、二つの〝事件〟がわが家とケンさんの関係を微妙に変えた、と思いたいのだ。この二つの〝事件〟によってケンさんは、わが家に居つこうなどという気などもちろん起こしはしないが、わが家の外猫であるという感覚にはなったのではないか。これもまた、もちろん私流の擬人化癖のあげくの落としこみだが、そんなふうに思えるふしが、ケンさんの表情から汲みとれたのだった。

ただ、この微妙な変化は、野良猫としてのケンさんから野性の牙を引き抜くことにつながらないだろうか、と思いはまた二転三転する。

仔猫として出会ってその死を看取る。アブサンはまさにこのケースで、私たちはアブサンの、仔猫の無邪気さ幼さかわいらしさを堪能し、成猫の躍動感と悠然たるたたずまいに感服し、老齢の風格と衰えを味わい、その見事な死へのいたり方に感動したのだった。

人は、自分の子供にしたところで、一生を通じてその生き方を見守ることはできない。また子供の立場からしても父や母の若き日、まして幼少の時期のありさまは伝聞でしか知り得ない。一生を通してその生き方を見守ることができるのが、動物と一緒に暮らすことの功徳というものであろう。そしてアブサンはその生きる味わいの変遷を、二十一年にわたって私たちに見せつづけてくれたのだった。

野良猫のケースにおいては、その一生を見守ることなどとうていできぬ縁ということになる。ただ彼らは、勝手に顔を見せるその場面から、人間に寄りそって生きる動物の、保証のない切羽つまった野性の切断面を見せてくれる。私たちは、その切断面から彼らの生き方の奥を想像するしかないが、そこに一期一会的な縁をむすぶことができる。

外猫が首輪をつけた家猫である場合、私たちはやはり数少ない接点しか持つことができぬのだが、その接点から彼らの家猫としての環境を想像させられる。その結果、それぞれの家の流儀によって育てられたそれぞれの色合いが、勝手に頭に描かれてくる。いずれにしても、テレビのホームドラマとは流派のちがう味わいがそこにはある。

野良猫であるケンさんは、その過激とも言える生き方の断面を、十六、七年にわたって見せてくれて、いま老残のケンカ屋としての末路に近いあたりで、このところ比類ない残光を放ちはじめた。

仔猫のうちに家に拾われた猫との大きなちがいが、ケンさんのあの二つの〝事件〟にはあらわれていた。二つの〝事件〟においては、ケンさんが敷居をまたいでわが家に入って来たこともさることながら、しばし身をおいたわが家から、ふたたび敷居をまたいで出て行ったことの重みをも受けとめねばならぬのだろう。

一度目は、気の迷いでふらりと入ってしまったわが家から、自分の行動にいささかとまどいながらも、すぐに気を取り直してフィクションの衣をまとうや、私たちが呆気にとられているあいだに、飄然と敷居をまたいで自分の世界へともどって行った。底なし沼に突っこんだ肢の先を、あわててそっと引き上げながら、ほっと息をついたような感じだった。

そして、二度目に敷居をまたいだときのケンさんは、わが家に対して野良の意地や突っ張りを堅持できぬほどの深傷を負い、エネルギーが失せかけた状態だった。にもかかわらずケンさんは、力をふりしぼり必死で軀を立て直して、結界の向こう側へと帰って行った。

この二つの〝事件〟は、ケンさんの生き方の強烈な姿として私たちの目に映じた。その奥にある本当の意味など、把握できるはずもない。だが、徐々に最終幕に向かっているけはいをただよわせるケンさんから、何かを汲み取ろうとする神経が、これからも私の軀から消えることはないだろう。三度目の〝事件〞が生じたら、相当な覚悟をもってケンさんに対することをしなければ……それはおそらく、カミさんの胸にも去来する思いにちがいないのだ。

久しぶりにやって来たケンさんの耳が、また赤く染まっていた。それはケンカで嚙まれたのではなく、傷がなおるときの痒みに耐えられず、自分の爪で引っ搔いてしまうせいのようだった。自業自得? 分かってるよ……ケンさんの何とも言えぬ表情がほほえましい。

陽の光にさらされた耳たぶのかたちは、完全にもとのようになり、美形の面相がかすかによみがえっている。

もはや、キャットフードを嚙みくだくなど完全にギブアップ、なまり節の匂いもあまり感じていそうもないが、これは風邪で鼻がつまっているせいでもあるのだろう。そんなふうに思おうとするが、冬に入ってからのケンさんは、恒常的に風邪をひきつづけているにちがいない。気休めのつもりで、なまり節の上に鰹節の粉をふりかけてみたら少し食べたので、カミさんは少し安心したようだった。

だが、いまのケンさんは食欲よりも、陽のあたる庭でいっときをすごし、うつらうつらと眠ったり、不意に身を起こしてあたりへ気をくばったり、前肢にアゴをのせて何処を見るともなくぼんやりしていたり……そんな時間をすごすのが心地よい時のすごし方なのではないかと思われた。


ケンさんが、またケンカのあとといった感じでやって来た。弱点となっている耳の傷はガードしたのだろうが、右脇腹のあたりに傷跡らしい深い線が見えた。そのわりにケンさんの表情は冴えている。久方ぶりにケンカの現役たる自分を味わうことができて、機嫌がよいせいなのだろうか。

ただ、左の前肢を完全に地面から浮かせ、三本の足でひょっこり、ひょっこりと歩くのは気がかりだ。あの左の拳で宙を引っ掻くような仕種を、私は老優らしい見得の切り方になってきたくらいに思っていたが、やはりかなり前に負った傷が、あのうごきを生んでいたようだ。いまのケンさんは、前肢をきちんとそろえて餌を待つあの体勢さえつくることができず、左の前肢を宙に浮かせたままにしている。

この日、ケンさんはなまり節に鰹節の粉をふりかけたのを、舌でなでるようにして少し食べた。ピンクの唇のわきとヒゲの先に、鰹節の粉が張りついていた。それを取ってやればまだ残っている男前にもどるとも思うのだが、それこそケンさんのプライドを傷つける行為にちがいない。実際、ちょっと手をのばしかけると、ケンさんにじろりとにらまれた。

右脇腹の深い線のような傷跡が心配だったが、それはどうやら過去の傷跡のようで、姿勢によってその一本の黒い線が浮き上がるのだった。これだけ残るのはかなり深傷だったのだろう。左拳で宙を引っ掻く仕種は、この傷の後遺症として残ったうごきであるのかもしれぬと、私は苦い思いをかみしめた。

書斎へ行って少し原稿を書いてから居間にもどり、庭に目をやったがすでにケンさんの姿はなかった。

吹き荒ぶ寒風の中、ケンさんがよれるようにしながら、ようやく網戸の外までたどりついた。そう言えば強風注意報が出ていたな……ケンさんがすんなりと歩くことはもはやなさそうだが、きょうの風はとくにきついだろうと思った。強い風が吹くと、三方の隣家とわが家の建物のあいだに、ビル風のようなものが生じることがある。ケンさんの通り路は、その風をもろに受けるコースなのだ。

ケンさんが来たのは、二週間ぶりくらいか……と網戸と引戸を開けてみて、ケンさんの軀の色にショックを受けた。かつては左の目の上から頭にかけてと背中の一角、それにしっぽに黒い色があり、その黒い色がよく見れば縞……というのがケンさんの軀の模様だった。

ところが、そのケンさんの黒く見えた部分が、まるで消しゴムでこすったみたいに薄くなり、グレーというより埃でよごれたようになっていた。しかも、軀ぜんたいの毛足が極端に短くなり、地肌が透けて見えている。

皮膚病……というのがまず浮かんだ懸念だった。ケンさんの寝ぐらがどこかはいまだに謎なのだが、部屋の中でないことはたしかだろう。そこは縁の下か小屋のわきか分からぬが、いずれ不衛生な場所であるにちがいない。ダニやノミなどの寄生虫が、ケンさんの軀をむしばむことは十分に考えられるのだ。それに対して、律義にケアする力が、息をすることに精いっぱいのケンさんに残っているとは思えない。だが、薬という手立ては野良猫のケンさんには通じないことだ。そして、毛足が短くなったせいで、ケンさんはさらに痩せて見えた。何もほどこすことができぬことを、私はかみしめるばかりだった。

ケンさんのしっぽの黒かった部分も、やはり白っぽく見え、毛が短くなっているため、折れ曲った針金のような感じになってしまった。目にかかる黒色も目立たなくなっていたが、美形の面立ちが変わらぬゆえ、どこか凄みがただよってきた。凄みといっても普通の強面ふうではなく、眉を剃った坊主の用心棒を思わせる、不気味さをはらんだ凄みなのだ。ケンさんには、美形でありながら一瞬にして鬼面に豹変するであろうというような、まっとうでない凄みがもともとあった。だが、いまのケンさんにその表情を自在にあやつる力はなくなっている。

着流しの渡世人から、よれよれの浴衣を着た老賭博師へ、そして夜鳴き蕎麦屋の爺さんへ、それからさらに怪しい妖術つかいへ……ケンさんの見てくれの値打ちが、どんどんこわれてゆく。その特徴が、はっきりと見てとれた。

それでもあいかわらずなのが、ケンさんの気の強さで、自分の姿かたちの変貌を知ってか知らずか、網戸の前では両前肢をそろえ、しっぽをきちんとそこへ巻きつけて、正統的な仁義を切っているつもりになっている。

だが、軀は痩せて模様は消しゴムでこすったあとのあいまいな色、しっぽは針金状態で、しかも左前肢が当人の気持と裏腹に宙に浮いている。雑踏ですれちがったら分からないほど変貌したケンさんの中で、目の光だけが失せていないのはさすがだった。

ケンさんは、そういう姿を私たちの前へさらしていることを、以前ほど気にしなくなっているようだ。しかし、姿かたちと比例して食欲や咀嚼力がもちろん萎えているわけで、カミさんはなまり節に鰹節をかけたやつもあきらめ、もっぱら魚のスープの冷ましたのを皿に入れ、そっと庭に出すようになっていた。

ケンさんは、魚のスープを舌でたくし上げてちろちろと飲み終ると、何を思ったかぐいと軀を立て直し、このときだけは左前肢もレンガのポーチの上におろして両前肢をそろえ、歌舞伎の「口上」の場面に居ならぶ役者のように、私たちの方をじっと見すえた。

なぜだろう……と首をかしげながらも、その姿を見とどけなければいけないという気がした。アブサンが、ダンボールの中で必死に軀を立て直し前肢をそろえた姿が、白無垢の花嫁が両親に挨拶をする姿とかさなったシーンを、ケンさんの姿にかさねかけ、私はあわててその思いをかき消した――。

夕方になりかけたころ、ケンさんの姿を庭にみとめると、カミさんが反射的に冷蔵庫へはしり、手早く魚のスープをつくって皿に注ぎ、息を吹きかけて冷ましはじめた。以前より、白黒の差が微妙に出てきているようだ。恢復のきざし……と私は受けとめた。着実に痩せてきていた軀に、かすかではあるが丸みがもどりつつあるように感じられた。風邪はあいかわらずで、目ヤニが目立ち鼻水で口のあたりがぐずぐずになっていて、息づかいは出来そこないの笛の音のようだったが、眼光はやはりしっかり保っていた。この日ケンさんは、これまで一度も向かわなかった方向へ、フェイド・アウトするように去って行った。

その夜、私たちはテレビで衛星放送の『刑事コロンボ』を見ていて、網戸の外にいるケンさんの姿に気づかなかった。自分にあまりにも長いこと目を向けぬ私たちに苛立ち、何かのうごきのはずみで両足の爪が網戸に引っかかってしまったのだろう。ケンさんが網戸に爪を立てるのを見るのは久しぶりだった。両前肢の爪を網戸にかけ、半ば立ち姿になって腹を見せている子供みたいなケンさんの姿は、とてもなつかしかった。

　顔が上を向いていたせいで分かったのだが、ケンさんはすでに前歯が何本か抜けていた。ずっとそれに気づかなかったのはうかつだった。ケンさんの面相が変貌しているように見えたのは、そのせいでもあったのだ。歯がないのに口をもぐもぐさせるから、上唇がうまくたたみこめず、しもぶくれのような顔になったりもする。

　おいおい、あの美形はどこへいったんだ……そんな思い入れで目をのぞきこむと、ケンさんは半びらきのピンクの濡れた唇のあいだから、しぼり出すような声で鳴いた。私はそのとき、ケンさんの鳴いた声をはじめて聴いたのだった。ケンさんもほかの猫のような鳴き方をするんだ……私は、そのことに新鮮なおどろきを感じた。ケンさんはそんな私に白けるように酷薄な表情をつくり、左の前肢の爪を網戸から外して、じっとこっちを見返していた。闇の中の闇、奥のまた奥、底のまた底から、おそろしくゆるい速度で、本来のケンさんがよみがえりつつあるようだった。

エピローグ

　年が明けて、最初に庭に姿をあらわしたのはレオンだった。おせち料理もそろそろあきたし物書きの書き始めにつき合ってあげようか、といった乗りがその足どりに感じられた。レオンは、開けた引戸の内で少しばかりキャットフードを食べたあと、玄関から廊下を通り階段を上がった書斎の机の上にある藁の円座へ自分を案内するよう、私をうながした。

　まだ締切には早いが、三枚ばかりの新聞コラムをやっつけておくか……私は、レオンに催促されたように、原稿用紙に向かった。レオンは、藁の円座の上で軀を丸

め、しばらく眠って帰った。三枚くらいの原稿を書くのには、ちょうど頃合いの時間だった。

ところで、レオンが階段を上り下りするさまが、モンロー・ウォークというよりモロー・ウォーク、年増《としま》のジャンヌ・モローみたいな歩き方へと変貌してきたようだ。

わが家の庭に、また新人がデビューした。首輪がないし、雰囲気からも野良猫と読めた。仔猫だがずんぐりしている黒の勝った白黒の斑で、何となく江戸時代の絵に出てくる猫を思わせた。ニャ、ニャ、ニャとこまかく鳴く声が妙に低く、私は即座にアルトと名づけた。もちろん、雌か雄かの判別はできていない。アルトはおっつけ部屋に足を踏み入れるだろうという感じだ。その性格をカミさんも気に入っているらしく、アルトの身のふり方がどうなっていくのか、私はそのなりゆきをゆっくりと拝見するつもりだ。

シャラランン、いやサソラとツバキが、どうやらライバル同士という構図をくっきりと見せてきた。シャラランがしばらく庭にいて姿を消したあとにやって来たツバキが、キャットフードを食べかけて急にあたりへ気を向け、そそくさと去って行く。そこへ、ふたたびシャラランがあらわれて、見定めるようにツバキの姿を目で追ってから、T家へ帰って行く。それを待っていたかのようにツバキがあらわれ、食べかけのキャットフードを平らげて去って行く。首輪をつけた大柄のチャトラ、赤茶まだらの無名猫、それに新人のアルトを加えていくと、わが家へやって来る外猫の大雑把な見取図ができあがる。

かつて、袖萩の権勢が席巻していたが、やがてケンさんがそれに取ってかわり、いままた若い世代が頭をもたげつつある。栄枯盛衰世のならいと言うが、そのあたりが家猫とひと味ちがう、外猫との縁から伝わってくるものがたりだ。外猫にどこか無常観がただようのは、そのへんからくることなのだろう。ただ、そうは言っても、ツバキの雌雄さえ依然としてしっかりと把握できぬままなのもまた、外猫とのつき合いの漠然たるところなのだ。

ケンさんは、年が明けてからまだ姿を見せていない。今度来るときは、この前よりも恢復してよみがえるのか、ふたたび痩せ細り、老いさらばえた姿を見せるのか。

いずれにしても、どこかでじっと時に身をゆだね、旗あげの時節を待っているケンさんの、あの眼光が目に浮かぶ。そう思いつつケンさんの隠れ家とおぼしき数奇屋づくりの家敷の方角へ目を投げたとき、ポン！　ポン！　ポン！　と鼓の音が虚空にひびくのを、私はたしかに聴いたのだった——。

あとがき

『アブサン物語』を書いてから、もはや十五年の歳月が過ぎた。というよりもわが家のアブサンという伴侶があの世へ旅立ってから十六年目がやってきたと言うべきか。あっという間のようでもあるし、かなり昔のことのようにも思える。いずれにしても、アブサンの死は私にとってもカミさんにとってもエポック・メーキングな一大事だった。

そのあと、カミさんはアブサンをバネにしてひらかれた〝猫〟という存在に強く惹かれていき、知人の家の猫や街のそこかしこにうずくまる猫たちに、喪失感をまぎらせるためであるかのような、熱い目を向けるようになった。

それに対して私は、アブサンの死後どちらかといえば世の中の猫に対して、距離感を抱くようになった。動物的分類で言えばアブサンはたしかに猫であったが、アブサンはアブサンなのであり猫ではない、と自分に言いきかせる気分が、そんな反応を生んでいたのかもしれなかった。

だから、もう一度猫と暮らす気持にはなりきれず、それはいまも同じなのだ。新しい猫と暮らすことになれば、それはアブサンの代役ということになる。代役をつくられるアブサンにも、代役とされる新しい猫にも、何となく失礼という気がする。そんな大袈裟とも言える思いが、ふたたび猫と暮らす生活の予感にはからんでしまうのだ。

　だが、家の庭へやって来る猫たちには、以前と同じようにキャットフードを与えつづけた。それは、家の中だけで時をすごす生き方にしてしまったアブサンの、ガラス越しの仲間に対するお礼という意味合いもあってのことだった。やって来る猫の中にはそそられるタイプもいたが、その猫と家の中で一緒に暮らそうとは思わなかった。

　それでも、アブサンが生きていた当時と同じように、庭にやって来る猫に名前をつける習慣が、何となくつづいていた。カミさんがつけたり私がつけたりするのだが、いずれもその名づけ方はいたって大雑把、パッと見の印象で一句詠むみたいな感じなのだ。

ところが、猫にたとえばタマという名前をつけたとすれば、それはやはりただの猫ではなく、タマになってしまうという当然のことに、不意を突かれるように気づかされた。いま、わが家の庭にはシャララン（この名の由来については本文の中にご説明があります）、ツバキ、レオン、チャトラ、アルト、それにまだ名前をつけそびれている黒茶虎の猫がいるが、その中で絶対に家で一緒に暮らせそうもないのが、本作品のタイトル・ロールであるケンさんという野良猫だった。

ケンさんは、美形と荒々しさが合体した、ケンカ三昧の極道野良であり、他の猫たちの脅威の的という存在だった。それでも、ケンさんと名づけたところから、やはり猫ではなくケンさんであるという思いがスタートしてしまう。そうやって、野良猫ケンさんの生き様をながめているうち、カミさんと私はすっかりケンさんに魅入られていった。

どこからかわが家へやって来て、ケンさんと呼ばれて迷惑そうな顔をつくり、旨くもなさそうにキャットフードを食べたあと、不思議な残心をあらわして、無感動なうしろ姿でどこかへ去って行く。そこからは、家の中だけで暮らしたアブサンが与えてくれたさまざまな感動とは別種の魅力をもつ、鬼気迫る野良の醍醐味が伝わってくるように思えた。

　家の中で暮らしたアブサンを反射鏡にして、野外での時をつむぐ野良猫ケンさんという迷路のけしきへ入りこんでみようか……そんな気持が徐々にふくらんでいった。それが、この作品を手がける助走になったのだった。

　そして、この原稿を書き下ろした十日後に、東日本大震災が起こった。激しいゆれの瞬間、私はカミさんと二人で家にいたが、反射的に外猫に餌を与えるさいに開けるガラスの引戸を片手で引き開け、片手でテレビを支えつつ、軀をかがめた。食器棚を支えるカミさんを確認してから庭へ目をうつすと、庭の木が轟音を立て、地面がはげしく波打っていた。その不気味な光景が、いまでも目に灼きついている。

　岩手県のカミさんの実家や縁戚の人々、それに一ノ関の友人などの無事をとりあえず確認できたのは、その五日後のことだった。連絡を取ることのできた相手の言葉と、テレビ画面に刻々と映し出される大惨状との落差から、もっとも深刻な目に遭った地域への東北人らしい気づかいを感じとりつつ、恐怖の芯のところがつかめぬもどかしさにとまどった。そんな時の推移の中で、書斎の床に散乱した本やがらくたをようやく片づけたころ、私はこの作品の初校ゲラを直し終えた。

それからしばらくたって、まずツバキがふらりと姿をあらわし、つづいてレオン、チャトラ、シャラン、アルトの順で庭にやって来た。彼らはいったい、どんなふうにあの激震を受けとめたのだろうか、とやはり思った。

そして、ケンさんはあいかわらず姿を見せていない。きっと何処かの寝ぐらで、萎えた体力を恢復させるべく爪を研ぎ、ひそかに呼吸をととのえて、老優は次なる起死回生の勝負への準備をしているはずである。

村松友視

二〇一一年四月十日

文庫版あとがき

同じ屋根の下でともに暮らし、私とカミさんの伴侶であった内猫アブサンが、二十一年の天寿を全うしたあと、ケンさんは自らその姿をクローズアップさせるかのように、私の前にずいと姿をあらわした。

ケンさんは、アブサンの死後わが家の庭に跋扈《ばっこ》する野良猫群を蹴散らすようにして主役に躍り出た、ケンカ屋の外猫だった。

アブサンは、つとめ人時代から目茶苦茶に忙しい作家生活にいたる私のあくせくとした生活ぶりを、至近距離からつぶさに観察していた内猫で、私の心の底にうごめく宿痾《しゅくあ》の貧乏性や、そこから発するせこさの一部始終を、溜息とともに刻々と感じ取っていたにちがいない。その意味で、私にとって思い出の中のアブサンは何となく煙たい存在とも言えるのだ。したがって、『アブサン物語』は、極端に旅の多い物書きであった私の留守を、アブサンと一緒にすごす時間の多かったカミさんの斜めうしろから、そっとのぞき見るような視点を意識した作品だった。

それに対して、『野良猫ケンさん』はどちらかといえば私の気分を軸にして、ケンさんの謎を勝手にもてあそぶスタイルを心がけて書いた作品だ。そして、家の中だけを生き場所とさせてしまったアブサンへのうしろめたさが、ケンカ三昧に明け暮れる自由奔放なケンさんに心をかたむけるバネのようになっているというけはいもまた、今回文庫化にさいしてかみしめたものだった。その意味で、『アブサン物語』と『野良猫ケンさん』は対を成す作品と言えるようにも思った。

ケンさんは、ペットはおろか、飼い猫や内猫にさえ向かぬ荒々しい野性的な気性で、野良として奔放に生きるための、天性の能力をそなえた猫である。疾風吹きすさぶ荒野に生きる業《さが》を持つ……そのさっそうたる姿に、カミさんは任俠映画の中の〝健さん〟をかさね、〝ケンさん〟と名付けたのだった。

私は、大五郎のいない拝一刀《おがみいっとう》、冥府魔道を生きる〝子連れでない孤独の狼〟というイメージのケンさんの姿を、しだいにうっとりとながめるようになっていった。

だが、そのケンさんの身にもやがて老残の影がおとずれ、ケンカも往年のごとき自在さはままならず、立居振舞さえもおぼつかなくなってゆく。そのケンさんに、私は何とも言えぬ老優の味がにじみ出てきたと感服しはじめたりもする。このあたりの心もようが、この作品を書く引金になっていたのはたしかだった。

ケンさんは、東日本大震災の少し前に、わが家に姿をあらわしたが、それが、私が見た最後の姿となっている。そして、ケンさんはいまだに、私の前にあらわれていない。それでも、「まさかこの俺を忘れたんじゃねえだろうな」とばかり、宙を引っ掻く仕種を見せて睨むケンさんのブルーの目を待つ気分が、私にはまだ残っている。何しろ、〝健さん〟になぞらえて〝野良猫ケンさん〟と呼んではきたものの、実は雄猫か雌猫かも定かではなく、私にとってケンさんはあいかわらず謎だらけの蜃気楼なのである。

二〇一五年三月十一日

村松友視

解説

角田光代

人にはＢＣ期とＡＣ期がある。つまり猫を知らない状態、Before Cat 期と、猫を知っている状態 After Cat 期である。知る知らないとは知識ではない。体験である。

著者の村松友視さんは、子どものころから猫を飼ってきた、筋金入りのＡＣ期の人である。けれどその奥さんは、アブサンという猫がやってくるまでＢＣ期の人だった。アブサンが、奥さんにとっての初猫だったのである。

『アブサン物語』はベストセラーとなったから、ご存じの人のほうが多いだろう。アブサンとは、日比谷公園で拾われて、村松さんの家にやってきた雄の虎猫である。二十一歳という大往生を遂げた猫だ。

この猫亡き後、村松さん夫婦は家猫を飼えなくなってしまった。飼えばアブサンの代わりになってしまう、それではアブサンにも、代役を押しつけられた猫にも気の毒だ、という理由である。けれどももはやAC期を生きるお二人には、猫なしの暮らしは考えられない。そこで、庭に出入りする猫たちとの共生をはじめる。その共生の記が、この一冊である。

BC、ACと前置きしたのには訳がある。その両者には、じつは大きな隔たりがある。BC人は猫を猫と認識していない。町を歩いていて、猫が横切っても、見えない。ところがいったん猫を飼ったり、猫となじみになったりして、AC期に突入すると、とつぜん世界に猫が存在しはじめる。町を歩けばすぐ猫を見つける。道ばたに捨ててあるぼろ雑巾ですら猫に見える。今まで読んでいた小説や漫画のなかで、猫が生き生きと動きはじめる。そして、誇張でもなんでもない、世界じゅうの猫に心を寄せるようになる。町じゅうの猫の心配をするようになる。冬になれば、「寒い思いをしている野良猫がいませんように」と祈り、雨降りの日、「すべての野良猫が雨宿りしていますように」と願う。猫捜索のポスターを見ていると、涙が出てくるし、さがすことすらする。

本書を読んだ人なら、嘘だとは思うまい。だって村松さんがすでにそうではないか。庭に猫用雨宿りの場所を作り、顔見知りになった猫には食事まで用意している。一匹の猫を知るということは、世界じゅうの猫を知るということなのだ。

こんなふうに得々と書いているのは、私がBC人からつい数年前、まさにAC人になった人間だからである。

本書には『アブサン物語』からの引用が出てくる。第三章だ。私はこれを電車で読んでいて、両目から涙があふれ出した。嗚咽までもれた。しかもハンカチを持っていなかったので、涙も鼻水も嗚咽も流し続けながら読んだ。周囲の人はこわかっただろう。もし私がBC人ならば、ここまでではなかろうと思う。洟はすったかもしれない、涙ぐんだかもしれない。でも嗚咽はしなかったろう。涙もあんなには流し続けなかっただろう。でも、AC人ともなると、アブサンはもう、私のなかで生きているのだ。色もにおいも、肉球の感触も寝息の音も、ぜんぶ知っている（空想にせよ）。

ところで、外にいる猫はすべてが野良猫ではないと、これもまた、私はAC人となってから知った。まず、外出自由な家で飼われている外飼い猫がいる。それから地域の人たちが面倒を見ている地域猫がいる。地域猫は去勢・避妊手術を施されていることが多い。そして野良猫。この区分もものすごく幅広く、実際のところ、私は近所のどの猫が飼われている猫で、どの猫が地域猫で、どれが野良猫なのか、ほとんどわからない。人慣れ度で判断するのがいちばんいいのだろう。

村松家の庭に出入りしている猫たちも、この区分の猫たちだ。一族を成した母猫、袖萩や、本書の主人公、ケンさんは人慣れ度ゼロの、まさに野良猫だろう。レオンやシャラランは自由に外出のできる飼い猫。ツバキは地域猫と野良猫のあいだくらいだろうか。

猫は柄だけでなくそれぞれ顔が違い、性格も違うと、私はAC人になってはじめて気づいたのだが、本書には、その差異がことこまかく書かれている。きっとBCの人も、猫ってこんなに個々によって違うのかと驚くだろう。どの猫も生き生きと立ちあらわれ、色とにおいを持ち、高低の声で鳴く。読み手は、他家に堂々と入ってくるレオン独特の歩き方を眺め、香木の佐曾羅からサソラと名づけられたシャラランの、セレブ然としていく様を眺めることができる。誇り高いケンさんが花籠で寝ているのを見て（まさに、読むことで見てしまう）、夫妻とともに私も笑いを必死にのみこんだ。ああ、どの猫もなんと魅力的だろう。この個性的な猫たちが出入りする庭には季節が移ろい、年月が降り積もっていく。夫妻は息を潜めるようにして、猫たちに目をこらしている。

猫は、本当にふっとあらわれる。異次元からやってきたかと思うくらい、ふっと。アブサンもそうだったし、ケンさんたちもそうだ。「見知らぬアブサンの御両親に一度会ってみたい」と村松さんは書くが、この猫は、本当に猫と猫から生まれてきたのだろうかと不思議になるくらいの奇妙な登場の仕方だ。もしかして、天から派遣されてきたのではないかと思えてくる。何かしらの使命を持たされて、「あの庭へいけ」とピンポイントで指し示されて、降りてくるのではないか。

野良猫の平均寿命は、飼い猫に比べてずっと短いと聞いたことがあるが、ケンさんの場合は、村松家などからごはんをもらっているからか、驚くほど長寿である。けれどもまったく人になつかず、野良猫であることに矜持を持つかのようなケンさんも、やがて老いていく。この誇り高いケンさんと村松家の、驚異的な、本当に奇跡のような交わりが描かれる。深い傷を負ったケンさんが、村松家の庭にあらわれる。その後のエピソードの崇高なほどのうつくしさに、深く胸打たれる。ケンさんを驚かさないように、私も息を殺してこの場面を読んだ。静かな筆致で淡々と描かれているが、なんという壮大なドラマだろう。

この猫はいったいどこからやってきたのか、どんな使命を持って村松家の庭にやってきたのか、考えてしまうのは、こういうときだ。猫は猫で、それ以上でも以下でもないのに、でもやっぱり、縁を持ってその人のところにやってきたとしか、思えないのである。そして、あらためて驚く。宿縁とすら思えるこんなつながりを見せてくれるのは、飼い猫だけではないのだということに。触れることのかなわない野良猫すらも、こんな妙味を人間に味わわせてくれるのか。

ＡＣの人はもちろん、ＢＣの人、猫なんて世界に存在しない人にも、ぜひこの本を勧めたい。ここに登場する猫は、猫であって猫ではないような気がしてくる。この世に生まれ落ちた私たちの縁というものが、さらりと描かれているように思えてくるのだ。成長し老いていく過程で無数の人に会い、ある人とは一生添い遂げるほど近しくなり、ある人とはすれ違うように別れ、ある人は別れても思い出のなかで生き続け、ある人とは幾度離れても幾度も再会する——意志や意図の届かぬところでくりひろげられる、不思議な巡り合わせについて、猫に託して思い耽ってしまうのである。

本書は二〇一一年六月、単行本として河出書房新社より刊行されました。

野《の》良《ら》猫《ねこ》ケンさん

二〇一五年 五 月一〇日 初版印刷
二〇一五年 五 月二〇日 初版発行

著 者 村松友視《むらまつともみ》
発行者 小野寺優
発行所 株式会社河出書房新社
〒一五一-〇〇五一
東京都渋谷区千駄ヶ谷二-三二-二
電話〇三-三四〇四-八六一一（編集）
〇三-三四〇四-一二〇一（営業）
http://www.kawade.co.jp/

ロゴ・表紙デザイン 粟津潔
本文フォーマット 佐々木暁
本文組版 有限会社中央制作社
印刷・製本 中央精版印刷株式会社

Printed in Japan ISBN978-4-309-41370-9

アブサン物語

村松友視 40547-6

我が人生の伴侶、愛猫アブサンに捧ぐ！　二十一歳の大往生をとげたアブサンと著者とのペットを超えた交わりを、出逢いから最期を通し、ユーモアと哀感をこめて描く感動のエッセイ。ベストセラー待望の文庫化。

帰ってきたアブサン

村松友視 40550-6

超ベストセラー『アブサン物語』の感動を再び！　愛猫アブサンの死から１年、著者の胸に去来する様々な想いを小説風に綴る感涙の作品集。表題作他、猫が登場する好篇５篇を収録。

アブサンの置土産

村松友視 40921-4

“アブサン、時には降りて来て、俺と遊んでくれていいんだぜ”。書庫に漂うアブサンの匂い、外ネコとの交流。アブサンの死から５年、著者と愛猫を結ぶ新たな出来事を綴る感動の書き下ろし！

幸田文のマッチ箱

村松友視 40949-8

母の死、父・露伴から受けた厳しい躾。そこから浮かび上がる「渾身」の姿。作家・幸田文はどのように形成されていったのか。その作品と場所を綿密に探りつつ、〈幸田文〉世界の真髄にせまる書き下ろし！

淳之介流　やわらかい約束

村松友視 41003-6

文壇の寵児として第一線を歩み続け、その華やかな生涯で知られた吉行淳之介。人々を魅了したダンディズムの奥底にあるものは？　吉行氏と深く交流してきた著者による渾身の書き下ろし！

黒い花びら

村松友視 40754-8

昭和歌謡界黄金時代を疾風の如く駆け抜けた、無頼の歌手・水原弘の壮絶な生涯。酒、豪遊、博打、借金に満ちた破天荒な歌手生活とその波瀾の人生を、関係者達の証言をもとにを描き切る力作。

私、丼ものの味方です

村松友視　41328-0

天丼、牛丼、親子丼、ウナ丼……。庶民の味方「丼もの」的世界へようこそ！　行儀や窮屈とは程遠い自由な食の領域から、極上の気分が味わえる。ユーモラスな蘊蓄で綴るとっておきの食べ物エッセイ68篇！

自己流園芸ベランダ派

いとうせいこう　41303-7

「試しては枯らし、枯らしては試す」。都会の小さなベランダで営まれる植物の奇跡に一喜一憂、右往左往。生命のサイクルに感謝して今日も水をやる。名著『ボタニカル・ライフ』に続く植物エッセイ。

狐狸庵人生論

遠藤周作　40940-5

人生にはひとつとして無駄なものはない。挫折こそが生きる意味を教えてくれるのだ。マイナスをプラスに変えられた時、人は「かなり、うまく、生きた」と思えるはずである。勇気と感動を与える名エッセイ！

狐狸庵動物記

遠藤周作　40845-3

満州犬・クロとの悲しい別れ、フランス留学時代の孤独をなぐさめてくれた猿……。楽しい時も悲しい時も、動物たちはつねに人生の相棒だった。狐狸庵と動物たちとの心あたたまる交流を描くエッセイ三十八篇。

大野晋の日本語相談

大野晋　41271-9

一ケ月の「ケ」はなぜ「か」と読む？　なぜアルは動詞なのにナイは形容詞？　日本人は外国語学習が下手なの？　読者の素朴な疑問87に日本語の泰斗が名回答。最高の日本語教室。

天下一品　食いしん坊の記録

小島政二郎　41165-1

大作家で、大いなる健啖家であった稀代の食いしん坊による、うまいものを求めて徹底吟味する紀行・味道エッセイ集。西東の有名無名の店と料理満載。

小説の読み方、書き方、訳し方

柴田元幸／高橋源一郎　41215-3

小説は、読むだけじゃもったいない。読んで、書いて、訳してみれば、百倍楽しめる！　文豪と人気翻訳者が〈読む＝書く＝訳す〉ための実践的メソッドを解説した、究極の小説入門。

優雅で感傷的な日本野球

高橋源一郎　40802-6

一九八五年、阪神タイガースは本当に優勝したのだろうか――イチローも松井もいなかったあの時代、言葉と意味の彼方に新しいリリシズムの世界を切りひらいた第一回三島由紀夫賞受賞作が新装版で今甦る。

妖怪になりたい

水木しげる　40694-7

ひとりだけ落第したのはなぜだったのか？　生まれ変わりは本当なのか？　そしてつげ義春や池上遼一とはいつ出会ったのか？　深くて魅力的な水木しげるのエッセイを集成したファン待望の一冊。

人生作法入門

山口瞳　41110-1

「人生の達人」による、大人になるための体験的人生読本。品性を大切にしっかり背筋を伸ばして生きていきたいあなたに。生き方の様々なヒントに満ちたエッセイ集。

おとなの進路教室。

山田ズーニー　41143-9

特効薬ではありません。でも、自分の考えを引き出すのによく効きます！　自分らしい進路を切り拓くにはどうしたらいいか？　「ほぼ日」人気コラム「おとなの小論文教室。」から生まれたリアルなコラム集。

淀川長治　究極の映画ベスト100〈増補新版〉

淀川長治　岡田喜一郎〔編・構成〕　41202-3

映画の伝道師・淀川長治生涯の「極めつけ百本」。グリフィス『散り行く花』から北野武『キッズ・リターン』まで。巻末に折々のベスト５等を増補。

著訳者名の後の数字はISBNコードです。頭に「978-4-309」を付け、お近くの書店にてご注文下さい。